D1729921

Vytautas V. Landsbergis

Sigutė Ach

Arklio Dominyko meilė

Nieko rimto

Vilnius
2004

ISBN 9955-9543-1-0

Redaktorė Viltarė Urbaitė

Antroji laida

Pirmoji laida 2004 m.

IBBY Lietuvos skyriaus komisija pripažino šią knygą geriausia 2004 metų knyga vaikams

IBBY (International Board on Books for Young People) – 1953 m. įkurta tarptautinė organizacija, vienijanti vaikų ir paauglių literatūros bei apskritai knygos vertybėmis, meniškumu besirūpinančius, taip pat skaitytoją ugdančius specialistus, kūrėjus ir leidėjus.

IBBY Lietuvos skyrius veikia nuo 1992 m. Nuo 1993 m. teikia Šarūno Marčiulionio finansuojamą Geriausios metų knygos vaikams premiją, o pastaruoju metu – dar septynias įvairaus pobūdžio premijas.

UDK 888.2-93
Ac-18

© Nieko rimto
© Vytautas V. Landsbergis
© Sigutė Ach

Laukinis arklys Dominykas

Vieną rytą netoli didžiulės laukinių gėlių pievos ganėsi toks laukinis arklys, vardu Dominykas. O kadangi jis buvo labai laukinis, tai neturėjo jokių namų anei tvarto. Nors, antra vertus, sakyti, kad jis neturėjo jokių namų, būtų tarsi nelabai teisinga, nes visi aplinkui tyvuliuojantys laukai bei nuostabios palaukės buvo jo namai, minkšta pievų žolė buvo jo patalai, o saulė ir mėnulis buvo jo lempos. Teisybės dėlei dar reikia pasakyti, kad tie laukiniai Dominyko namai buvo labai stebuklingi: rytais jie prisipildydavo tiršto rūko, varlių kurkimo

Rugiagėlė

Žiogo namai

Dvi visai mažos avys

Tyli melodija po dideliu medžiu

Nerūpestinga upelio undinė

Arklys Dominykas ir jo namai

bei visokių kitokių stebuklų, apie kuriuos naminiai arkliai bei įvairios karvės nė sapnuot nesapnuodavo. O jei ir sapnuodavo, tai nelabai spalvotai, nes tvartuose miegančių gyvulių sapnai dažniausiai būdavo juodai balti ir šiek tiek gyvuliški... Karvės, pavyzdžiui, sapnuodavo juodmargius kaimyninių pievų jaučius – baubiančius bei kanopomis kapstančius žemę. O vištos tai išvis miegodavo sau kaip užmuštos ir nesapnuodavo nieko, nes jos buvo tikros vištos. Na, nebent susapnuodavo tvarto šeimininką – juodai baltą gaidį Evaldą Kakarieką, kuris, vos prašvitus, pirmasis nušokdavo nuo laktų ir mojuodamas savo galingais sparnais užgiedodavo visa gerkle kaip koks asilas bei visus tvarto gyventojus bematant prižadindavo. Be to, tas gaidys Evaldas turėjo dar vieną keistą savybę – jis mėgo vaikštinėti po kiemą pasirišęs raudoną skiauterę po kaklu, nes žūtbūt norėjo atrodyti kaip tikras gaidys arba kalakutas ir bent tuo iš vištų pulko išsiskirti...

Bet ko mes čia dabar nukrypom, atsiprašant, link visokių vištų?! Geriau tęskime pasakojimą apie laukinį arklį Dominyką, o apie įvairius naminius gyvulius bei paukščius papasakosime kitą kartą... Tarkim, poryt...

Arklys Dominykas ir varlės

Taigi, kaip jau minėjome anksčiau, vieną rytą netoli didžiulės laukinių gėlių pievos ganėsi toks laukinis arklys, vardu Dominykas. Ganėsi jis ramiai rupšnodamas žolę, retsykiais pakeldamas galvą pasižiūrėti, ar virš rūke paskendusių medžių dar nepatekėjo saulė. O saulės jis labai laukdavo todėl, kad po šaltos nakties jam norėdavosi ankstyvos saulės spinduliuose pasišildyti.

O ką arklys Dominykas dar veikdavo, pabudęs tokį ankstyvą stebuklingą rytą? – paklausite. Ką gi, klauskite: jūsų reikalas klausti, mūsų reikalas – atsakyti... Visų pirma, tokiais ankstyvais rytais arklys Dominykas nepabusdavo, nes dažniausiai jis nė užmigęs nebūdavo. Mat belaukdamas tų stebuklingų rytų, pilnų rūko, arklys labai jaudindavosi ir dėl to niekaip užmigti negalėdavo. O nemiegodamas jis tik šnopuodavo, išplėtęs didžiules šiltas savo šnerves, ir spoksodavo į krentančias žvaigždes bei visokius kitokius meteoritus. Tada arklys prisimindavo savo amžiną atilsį močiutę Domicelę, kuri kažkada, dar ankstyvoje arkliuko Domuko vaikystėje, jam pasakodavusi begalybę istorijų apie žvaigždes bei kitus dangaus kūnus. „Kai krinta nuo dangaus žvaigždė, – sakydavo močiutė, – tai reiškia, kad žemėje gimė koks nors arkliukas, o kai meteoritas – tai asiliukas...“

Bet grįžkime prie jūsų klausimo: ką ankstyvais rytais veikdavo tas nuostabusis arklys Dominykas? Tais ankstyvais stebuklingais rytais Dominykas prunkšdavo iš laimės, braidžiodamas po begalines savo pievas. Jose su kaimyninių balų varlėmis jis mėgdavo žaisti visokias slėpynes, šokdynes bei gaudynes. Ypač šie žaidimai Dominykui patikdavo tada, kai rūko pievoje būdavo likę visiškai nebedaug – tik prie pat žemės. Tada arklys šlumpsėdavo po šlapią žolę, kuo garsiau dunksėdamas į žemę kanopomis, o kaimyninių balų varlės –

Linksmas arklys Dominykas
ir jo mielos draugės varlytės, keliaujantys upelio link

to bildesio išgąsdintos – mikliai šokčiodavo į šonus it kokie žiogai. Tuomet arklys Dominykas jau nesunkiai jas pamatydavo, pagaudavo ir slėpynes laimėdavo. O paskui jau tekdavo slėptis ir pačiam arkliui Dominykui – jis nušuoliuodavo į didelę gilią daubą pačiame pievos pakraštyje. Rūko ten dažniausiai būdavo prirūkyta iki kaklo. Atsistos, būdavo, Dominykas toje dauboje – tik galva kyšo – ir tyliai žvengia, žiūrėdamas, kaip ūkanotom palaukėm šokinėja jo draugės varlės, bergždžiai ieškodamos pasislėpusio arklio. O varlės, stengdamosi kaip nors pamatyti arklį Dominyką, šokčiodavo kuo aukščiau. Kai kurios iššokdavo net virš rūko ir savo gailiais varliškais balseliais kurkdavo:

– Kurrrr kurrrr yrrra tas mūūūūsų arrrrklys?...

– Mūūūsų? – nustebusi paklausdavo varlių rūke besiganant karvė Aurelija ir tuoj pat įsižeidusi pridurdavo: – Arklys yra ne mūsų, o musių, nes dieną aplink jį skraido daug musių...

– O aplink tave skraido bimbalai, – pradėdavo su karve ginčytis varlės, bet ką tu ten su karve daug pasiginčysi. Juk jos – tam tikra prasme – tikri raguočiai ir nuo visokių avinų bei ožkų dar labai netoli tėra pažengusios į priekį.

Taip mąstė varlės, vis ieškodamos rūke pasislėpusio arklio Dominyko, bet niekaip jo rasti negalėjo.

Ir štai vieną rytą varlėms atsitiko toks baisus atsitikimas – staiga netoli jų iš dangaus nusileido gandras Alfonsas ir atsitūpęs ant vienos kojos ėmė tyliai žvengti kaip koks arklys. Jis, matyt, jau buvo perpratęs rytinius varlių žaidimus ir štai dabar sugalvojo tokią baisią klastą – apsimesti arkliu...

– Va girrrrdžiu, čia mūsų arrrrklys Dominykas jau nebetoli žvengia! – sušuko drąsiausioji iš varlių, vardu Nataša, ir iš to džiaugsmo šoko į orą it pamišusi. Kokį pusmetrį, o gal ir du... O gandras Alfonsas tik to ir telaukė: savo ilgu snapu tik capt sugavo Natašą, paplast paplast galingais sparnais sumojavo ir į savo lizdą nuskrido, kur jo žmonelė patogiai ant kiaušinių įsitaisiusi tupėjo. Varlės, pamačiusios, kokia baisi nelaimė nutiko jų draugei Natašai, jau ketino rautis plaukus nuo galvos, tačiau geriau apsižiūrėjusios suprato, kad plaukai varlėms nei ant galvų, nei kitose vietose neauga... Tada jos ėmė graudžiai verkti, savo nelemtą varlišką prigimtį keikti bei arklį Dominyką pagalbon šauktis:

– Arrrkly, arrrrkly, čia mus krrramto kažkoks išprrrotėjęs gandrrras Alfonsas, darrrryk ką norrrrrs...

O gandras Alfonsas tuo metu jau buvo sklandžiai it koks skilandis nuskriejęs gimtajan lizdelin ir kaip tik ketino savo žmoną Birutę taja skaniaja varlyte pavaišinti... Bet ūmai lizdo apačioje pasigirdo baisus triukšmas ir bildesys. Netrukus į medžio kamieną kažkas pasibeldė.

– Mes dabar užsiėmę, pusryčiaujam, – persisvėręs per lizdo kraštą pasakė gandras Alfonsas. (Kam jis tai pasakė – buvo visiškai neaišku, mat apačioje tvyrojo tirštas rūkas ir nieko nesimatė.) – Užeikite vėliau, – savo kalbą pabaigė Alfonsas ir jau ketino iki galo praryti Natašą, tačiau iš apačios pasigirdo gana griežtas, sakytume, net šiek tiek arkliškas arklio Dominyko balsas.

– Paleisk tuoj pat Natašą, nes kaip spirsiu į medį, tai visi

Domai, aš slepiuosi čia. Nataša

kiaušiniai iškris, – pagrasino arklys Dominykas...

– O kodėl, įdomu, aš turėčiau ją paleisti? – dar spėjo pasiteirauti Alfonsas, ir netrukus pasigirdo pirmas nežmoniškas smūgis kanopa į medį – net visi kiaušiniai vienas į kitą sudunksėjo.

Po smūgio nuskambėjo žodžiai:

– Ogi todėl, kad varlės yra mano draugės ir aš kiekvieną rytą su jomis žaidžiu slėpynių. Ir kol aš su jomis žaidžiu slėpynių, tol jų gaudyti niekas neturi teisės – ar aišku?..

– Aišku, kad aišku, – atsakė Alfonsas.

Nors, atvirai kalbant, jam buvo visiškai neaišku, kodėl nuo šiol rytais nebebus galima pievoje gaudyti varlių, kol šios nepažais slėpynių su įvairiais vietinės reikšmės arkliais. Tačiau gandras Alfonsas gudrus kaip žaltys: jis išsyk sumetė, kad su arkliais ir asilais geriau nesipykti. Dėl viso pikto... Tad išmetė Natašą už borto, o pats nuskrido į netoliese tekantį upelį pagaudyti savo žmonelei žuvų pusryčiams...

O arklys Dominykas, savo plačiomis šnervėmis pauostinėjęs

po gandralizdžiu, kaipmat rasotoje žolėje susirado iš aukštybių nukritusią varlę Natašą ir paklausė jos:

– Na kaip? Ar neužsigavai?

– Neužsigavau, tik taip išsigandau, kad man dabar nė smilgos į antrą galą neįkištum, – vis dar negalėdama atsigauti pralemeno Nataša.

– Na gerai jau gerai, nusiramink, nebedrebėk, – nuramino ją Dominykas. – Niekas niekur ir nesirengia tau smilgos kišti. Šok ant nugaros, keliausim į upelį, nusiprausim prieš pusryčius. Nataša tučtuojau užšoko Dominykui ant nugaros, o paskui ją sušoko ir kitos varlės. Jos visos labai mėgo, sėdėdamos ant didžiulės savo bičiulio arklio Dominyko nugaros, rytais joti praustis į upelį ir giedoti:

Arrrrklys arrrrklys turrrr ilgas kojas
Lėkčiau lėkčiau, jei galėčiau,
Tokias kojines jei turrrrrrrrrrrrrrėčiau,
Kaip arrrrrrrrrrrrrrrrrrrrrklys...

O gandras Alfonsas, išgirdęs šią dainą, įsižeidė taip, kad net snapu sukaleno it koks automatas... Ir visas žuvis išbaidė... Tik vienintelis kilbukas Henrikas buvo bebaimis – tai jis to alfonsiško kalenimo neišsigando ir maudėsi sau upės sūkuryje toliau. O be reikalo, nes čia jį ir pagavo ilgas bei raudonas gandro Alfonso snapas... Paplast paplast – sumojavo Alfonsas galingais sparnais ir į savo lizdą nuskrido, kur jo žmonelė patogiai ant kiaušinių įsitaisiusi tupėjo. Nuo to laiko kilbukas Henrikas jau niekad nebebuvo bebaimis, nes gandro žmona Birutė jį paprasčiausiai prarijo, ir narsuolio kilbuko iš viso nebeliko. O kadangi jo jau nebeliko, tai apie jį daugiau ir pasakoti neverta... Kam čia burną veltui aušinti – užmirškim jį.

Taip į pievą atėjo rytas. Rūkas buvo jau beveik išsisklaidęs, patekėjo saulė. Patekėjo patekėjo, paskui kažkodėl sustojo, tačiau netrukus vėl tekėjo toliau, tarsi nieko ypatinga tą stebuklingą rytą nė nebuvo atsitikę...

Arklys Dominykas ir
Rugiagėlė

Arklys ir jo svajonių rugiagėlė

Arklys Dominykas su visom varlėm, tupinčiom ant jo galingos nugaros, atžingsniavo prie upės, įsibrido į srovę iki kelių, palenkė galvą ir vienu ypu išmaukė kokius du kibirus vandens. O varlės, Dominykui dar begeriant, smagiai nuo jo nugaros į patį upelio vidurį suplumpsėjo, kur sraunus vanduo burbuliavo bei visokie kitokie kriokliai kriokte kriokė. Išsimaudžiusios jos atsisveikino su savo ištikimuoju bičiuliu arkliu Dominyku ir nuplaukė nendrių alėjos link – ten kiekviena varlė turėjo išsinuomojusi po lelijos lapą. Saulėtomis vasaros dienomis jos labai mėgdavo užšokti ant savųjų lapų ir pasikaitinti saulėje. Jeigu imdavo lyti, tai jos kaipmat šokdavo vandenin ir po tais lelijų lapais pasislėpdavo, kad kartais nesušlaptų. Paskui, po lelijų lietsargiais tūnodamos, jos tol žvelgdavo iš padilbų į pilką dangų, kol tas susigėdęs vėl išsigiedrindavo.

O arklys Dominykas, atsisveikinęs su draugiškom kaimynėm varlėm, nudrožė į savo stebuklingą pievą pusryčiauti. Įsibridęs jon ligi pilvo, Dominykas ėmė lėtai rupšnoti skanią, rasotą ryto žolę. Rijo jis ją, kramtė su įvairiomis kvapniomis vaistažolėmis bei gėlytėmis, kurios ką tik po nakties visu savo grožiu išsiskleidusios buvo. Ir štai netikėtai jo šnervės užuodė nuostabų kvapą. Apsidairė Dominykas ir pamatė netoliese žydinčią nuostabaus mėlynumo gėlę – tokios jis dar niekad iki šiol nebuvo uostęs anei ragavęs.

– Kas tu tokia? – paklausė jos arklys Dominykas.

– Aš esu rugiagėlė, – atsakė jam gražioji gėlė, – ir prašau čia manęs nekramtyti, nes aš jums ne kokia nors varnalėša. Mane galima tik uostyti...

– O! Aišku, savaime suprantama, – susižavėjęs sušnabždėjo arklys, – aš jūsų tikrai niekada neee... – arklio garbės žodis. Jūs per daug graži, kad jus būtų galima kramtyti... Bet gal aš galėčiau jus bent po pievą panešioti ant savo nugaros?

– Nereikia manęs nešioti ant jokios nugaros. Be to, jūsų nugara smirda varlėmis, – susiraukusi pasakė rugiagėlė, – aš puikiai mačiau, kaip jūs jas nešėte į upę.

– Aš tuoj nubėgsiu upelin ir išsimaudysiu, – pasisiūlė arklys, kaipmat nubildėjo upelin ir pūkštelėjo iki kaklo. Paskui išsitrynė nugarą visokiais ajerais bei pakrančių mėtom ir grįžo pas rugiagėlę kvepėdamas skaniai skaniai kaip kokia undinė.

– Na va, dabar jau esu švarus ir galiu jus panešioti...

– Nereikia manęs niekur nešioti, aš ir taip graži! – atšovė jam rugiagėlė. – Mane galima tik uostyti ir sakyti komplimentus...

– O kas tai yra komplimentai? – išpūtė akis nustebęs Dominykas. – Aš pirmąsyk girdžiu tokį žodį.

– Aš taip ir maniau, kad jūs esate neišauklėtas keturkojis, – atsiduso gėlė. – Užsirašykite: „Komplimentai – tai pagyrimai moteriškos lyties gėlėms, susižavėjimo šūksniai ir kitokie ditirambai...“

– O vyriškos lyties augalams? – dėl viso pikto pasiteiravo arklys Dominykas.

– Visokiems dagiams ir gysločiams pagyrimai niekada nesakomi, – pamokė rugiagėlė arklį neišmanėlį.

– O varnalėšoms? – dar pasiteiravo arklys, norėdamas kuo greičiau tapti gerai išauklėtu keturkoju.

– Varnalėšoms pagyrimai ir ditirambai nesakomi, nes jos yra labai panašios į kaktusus ir badosi, – atsakė rugiagėlė ir nusisuko į kitą pusę.

– Betgi rožės irgi badosi? – dar bandė pasiginčyti Dominykas, bet paskui nutarė, kad su gražuolėmis gėlėmis ginčytis neverta – jomis tereikia grožėtis, gėrėtis ir leisti joms pačioms kuo daugiau atsiskleisti.

Arklys tylėjo kokias penkias minutes, kol nuostabioji gėlelė atsiskleidė visu grožiu... Tada jis nutarė dar paklausinėti rugiagėlę:

– O kas tai yra tie ditirambai?

– Kas kas!... Ditirambai – tai eiliuoti prakilnūs pagyrimai, kurie rašomi karaliams, moterims ir gėlėms!

– O gal jūs, gerbiamoji rugiagėle, galėtumėte ir mane,

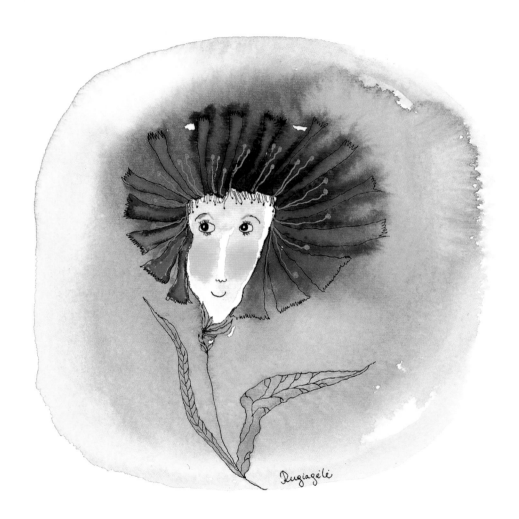

neišauklėtą keturkojį, pamokyti, kaip kurti tuos ditirambus?
– mandagiai paprašė arklys Dominykas, nes labai jau norėjo
su tąja rugiagėle susidraugauti...
– Gerai jau gerai, pamokysiu. Sėskit... Tarkim, jeigu jūs
norėtumėte sukurti gražų ditirambą apie mane, tai jis galėtų
skambėti maždaug taip:

Gėlė ruginos – dangaus spalvos
Jos grožis niekada neišgaruos...
    Niekados niekados,
  Nei truputėlį, nei vos vos.

– Nuostabu! – susižavėjęs sušuko Dominykas. – O dabar,
jei galima, ir aš pats norėčiau pabandyti sukurti apie jus
ditirambą.
Pasakė tai Dominykas ir kaipmat sueiliavo, kas jam šovė į
galvą:

Rugių gėlė skani tarytum šienas,
Ir kai suvalgo karvė ją, –
Skanus jos būna šviežias pienas.

– Nesąmonė! Tamstos sukurtame ditirambe yra per daug arkliško humoro! – pasipiktino rugiagėlė. – Apie mane prašyčiau sukurti eilėraštį, kuriame nebūtų jokių gyvulių. Na, nebent tik paukščiai...
– Gerai gerai, tuoj ištaisysiu, – atsiprašė Dominykas ir tuojau perkūrė ditirambą:

Rugių gėlė skani tarytum šienas,
Ją mėgsta lesti kikštas vienas,
Ją mėgsta lesti žvirbliai du,
O aš sau vietos nerandu...

Rugiagėlė pagalvojo ir pasakė:

– Jau geriau. Tik man nepatinka tas žodis „lesti". Jūs, vyrai, visą gyvenimą tik naudos sau ieškot – gražų daiktą jums būtina sulesti, suvalgyti ar kaip nors kitaip sunaudoti... Tarsi negalima būtų juo vien tik pasigrožėti ar pauostyti!

– Supratau! – džiaugsmingai sušuko arklys Dominykas. – Jau suprantu. Aš tuoj pat ištaisysiu.

Ir arklys tučtuojau savo ditirambą pataisė:

> Rugių gėlė kvapni tarytum šienas,
> Ją mėgsta uostyt kekštas vienas,
> Ja grožisi kas dieną žvirbliai du,
> O aš sau vietos nerandu...

– Na va, dabar jau daug geriau, – apsidžiaugė rugiagėlė, bet tuoj pat pridūrė: – Jūs toks mielas, toks didelis ir gražus gyvulys. Ir kadangi, kaip jūs pats pasakėt, nerandat sau vietos, tai gal galėtumėte čia šalia manęs atsigulti ir savo arklišku kūnu užstoti nuo upės pučiantį vėją. Aš noriu truputį pailsėti, bet labai bijau, kad tas vėjas manęs nesušaldytų... Nes jeigu aš peršalsiu ir susirgsiu, tai nebekvepėsiu taip skaniai, ir manęs niekas nebemylės. O jei manęs niekas nebemylės, tai mano gyvenimas neteks prasmės.

– Aš jus mylėsiu visą gyvenimą, net jeigu jūs ir susirgtumėt, net jeigu ir numirtumėt – vis tiek! – įsikarščiavo arklys Dominykas...

– Apie mirtį su damomis kalbėti yra šiek tiek arkliška – ar jums taip neatrodo? – sugėdino Dominyką rugiagėlė ir užsidarė savy, ketindama truputį pasnausti.

O arklys Dominykas iškart atsargiai atsigulė šalia savo išrinktosios, mylimosios rugiagėlės, galingu kūnu uždengdamas visus vėjus, pučiančius nuo upės. Dar daugiau – jis nutarė mylimąją sušildyti ir pradėjo į rugiagėlę švelniai pūsti šiltą orą iš savo didžiulių šnervių. Rugiagėlė palaimingai užsnūdo ir susapnavo keistą sapną.

Rugiagėlės sapnas

O sapnavo rugiagėlė, kad ji pati yra pavirtusi maloniu šiltu vėju, maždaug tokiu pat, koks pučia iš arklio Dominyko šnervių. Ir staiga tame pačiame sapne ji prisiminė, kad būtent tokie malonūs bei šilti vėjai pučia ir Afrikoje, iš kur rugiagėlė buvo kilus. Nors sakyti, kad ji „kilus" tarsi ir nevisiškai teisinga. Teisinga būtų sakyti „pasisėjo", nes prieš gerą pusmetį jos sėklytė stebuklingais būdais atkeliavo iš Afrikos į Lietuvą ir čia pasisėjo. Šią nuostabią istoriją savo sapne ir susapnavo gražioji rugiagėlė.

Pirmiausia ji susapnavo didžiulę rugiagėlių pievą, tyvuliuojančią kažkur Afrikos pakraštyje... Ir net sapne rugiagėlė suprato, kad tai yra jos protėvynė, o tos aplinkui mėlynuojančios gėlės yra jos proseneliai, promočiutės bei įvairios tų promočiučių prosesutės ir propusseserės. Paskui, dar tebeskendėdama tame pačiame sapne, rugiagėlė pakilo virš rugiagėlių pievos ir pamatė iš aukštai visą nuostabų Afrikos grožį: virš pievos skraidė linksmi įvairiaspalviai drugeliai, o netoliese augo didžiuliai baobabai, kuriuose slapstėsi beždžionėlės. Jos buvo be galo paslaptingos: tupėjo įsilindusios tarp tankių baobabo šakų, apsikaišiusios jų lapais – iš toliau žiūrėdamas nė už ką nepasakytum, jog baobabas pilnas beždžionėlių. Pasigrožėjusi paslaptingomis beždžionėlėmis, rugiagėlė tarsi lengvas vasaros vėjelis nusklendė toliau Afrikos paviršiumi ir netrukus pamatė netoli rugiagėlių pievos besiganantį tylų begemotuką Nikodemą, kuris stovėjo pievos grožio sužavėtas ir negalėjo ištarti nė žodžio. Norėjo pasakyti – „kokia graži pieva, kaip man čia gera žaisti“, – bet negalėjo ištart...

Sklendė toliau rugiagėlė ir netoliese žydinčioje bananų plantacijoje išvydo ant vienos kojos šokinėjantį drambliuką Pilypuką, kuris buvo pilnas gėlėtų vasaros jausmų. O netoliese

ganėsi du didžiuliai protingi Pilypuko tėvai – dramblys Pilypavičius ir dramblienė Pilypavičienė. Jie buvo jau tokie suaugę ir rimti, kad niekad nebešokinėdavo ant vienos kojos, o visada tik labai rimtai kalbėdavo apie savo labai rimtą gyvenimą šioje rimtoje šalyje, vadinamoje Afrika.

– Kaži, ar užteks mums tų bananų, kurie rudenį užaugs šitoje plantacijoje, ar teks ryti ir ananasus? – svarstė dramblys Pilypavičius...

– Nežinau. Jeigu neužteks, tai rysim ir ananasus, didelio čia daikto, – atsakė jam drambliene Pilypavičienė. – O jei neužteks ir ananasų, tai keliausim į kitą Afrikos pusę, kur gyvena mano pusseserė Pilypavičiūtė. Ji rašo, kaip gera ten, kur mūsų nėra, nes ten, kur mūsų nėra, ant medžių auga daug kivių ir mangų...

Tada miegančioji rugiagėlė, pasigrožėjusi didingais dramblių bei bananų plantacijų vaizdais, pasuko atgal, gimtosios rugiagėlių pievos link, nes jai labai rūpėjo, kol dar sapnuoja, prisiminti, kaip ji atsirado šiame pasaulyje. Ir nusileidusi prie pat žemės, ji išvydo dvi atokiai augančias rugiagėles – savo tėtį ir mamą.

Tuodu meiliai susipynę tarpusavyje kalbėjo:

– Jau greitai sunoks mūsų sėklytės ir pasisės mūsų dukrytės. Įdomu, kur jos užaugs, kur jas vėjas nuneš. Ar išaugs gerų, darbščių rugiagėlių, ar nepavirs jos tuščiaviduėmis gražuolėmis?..

Kalbėjo taip rugiagėlės tėvelis su mama ir barstė aplinkui mažas savo sėklytes, kurias tuoj pat šiltas vėjelis pasigaudavo ir juokdamasis po visas plačias Afrikos platybes nešiojo. O vieną sėklytę pakėlė taip aukštai į dangų, kur jau tik debesys ir angelai pleveno. Ir štai pasivijo ten vėjo gūsis Lietuvos link skrendantį gandrą Alfonsą su savo žmonele Birute pašonėj. Vėjas pabandė su juo palenktyniauti, ir, be abejo, kaipmat gandrą ir jo gandrienę aplenkė. Tačiau greitasis vėjas nė nepastebėjo, kad kartu su juo skridusi maža rugiagėlės sėklytė pasiliko įsipainiojusi gandro plunksnose. O jei ir būtų pastebėjęs, tai kas iš to – negi grįši atgal dėl kažkokios sėklytės, lai skrenda sau, kur gandro akys mato... O gandro akys iš aukštai matė toli toli – kažkur už Afrikos pakrančių, už Italijos, Šveicarijos, Vokietijos ir Lenkijos, prie Baltijos jūros jis jau matė gražiuose kloniuose bei upių vingiuose miegančią Lietuvą, kur žiema jau ėjo į pabaigą ir tuoj tuoj turėjo ateiti pavasaris. Gandras Alfonsas labai skubėjo sugrįžti Lietuvon kartu su tuo pavasariu į savo mielą lizdelį didžiuliame ąžuole, didžiulės pievos vidury, kur kurkia daugybė varlių ir ganosi laukinis arklys, vardu Dominykas.

Ir jau visai sapnui baigiantis, rugiagėlė dar susapnavo, kaip gandras Alfonsas parskridęs suka ratus virš savo gimtojo lizdelio, kaip ištiesia savo ilgas raudonas kojas, kaip nutupia ir, išskleidęs sparnus, papurto visas plunksnas, kad iškristų kelionių dulkės. O kartu su dulkėm iškrenta ir rugiagėlės sėklytė... Leidžiasi ji tyliai į pievą, nukrenta tarp pienių ir gysločių, kur netrukus ją sudrėkina šiltas pavasario lietutis, ir ji ima leisti šaknytes...

Ir staiga rugiagėlę, sapnuojančią savo šiltąjį sapną apie protėvynę Afriką ir apie pavasarį Lietuvoje, ėmė krėsti šaltas drebulys. Nustebusi, netgi šiek tiek įsižeidusi, ji pabudo ir ėmė barti arklį Dominyką:

– Kodėl tu manęs nebešildai?! Gal nori, kad aš sušalčiau ir nuvysčiau it koks šienas?

– Aš juk šildau, – atsakė išsigandęs arklys Dominykas ir ėmė pūsti į rugiagėlę šiltą orą iš savo galingų šnervių, kiek tik kvapo turėjo... – Bet, matyt, ateina šalna, – pridūrė jis, sukaitęs ir uždusęs visas.

– Ką tu čia dabar šneki?! Kokia šalna? Aš dar tik vos spėjau pražysti, – nepatenkinta subambėjo rugiagėlė. – O koks dabar mėnuo, kad šalnos jau prasideda?

Dominykas, rugiagėlė ir didelis ruduo   Sigutė Ach 2003

– Jau ruduo, rugsėjis, – atsiduso arklys Dominykas. – Tu labai ilgai miegojai...

– Jau ruduo? – nustebo rugiagėlė, staiga supratusi visą šio trumpo gyvenimo laikinumą ir pravirko: – Aš nenoriu, kad būtų ruduo. Padaryk ką nors, kad būtų vasara...

– Deja, aš nieko negaliu padaryti, nes ruduo stipresnis už mane. Jis visada ateina – nori tu to ar nenori... – liūdnai nusišypsojo arklys. – Bet nenusimink, po rudens bus žiema, o paskui vėl ateis pavasaris...

– Ačiū, paguodei, – piktokai pasakė rugiagėlė, staiga nusisuko ir ėmė pasikūkčiodama raudoti.

Arklys dar bandė švelniai ją kanopa paglostyti, nuraminti, bet suvokė, kad jo draugei nuo to nė kiek ne geriau.

– Tai ką, mudviem teks skirtis? – vis dar kūkčiodama paklausė rugiagėlė.

– Neilgai, tik iki kito pavasario, – guodė rugiagėlę arklys Dominykas. Apkabino jis švelniai savo draugę ir netrukus pajuto, kad jo rugiagėlė rimsta, rimsta – matyt, susitaiko su nelengva mintim apie rudenį ir apie gresiantį išsiskyrimą...

– Man irgi nebus lengva išsiskirti, nes aš tave labai pamilau, – ramino mylimąją Dominykas.

– Nebeguosk manęs, ačiū... Jau viskas gerai.

Rugiagėlė nusišluostė ašaras į Dominyko nosį, paskui pakėlė savo mėlynas akis ir pridūrė: – Ačiū tau už viską. O už tavo meilę – ypač...

– Aš labai pasiilgsiu tavo kvapo, – stengdamasis nuslėpti jaudulį sušnibždėjo arklys...

– Na tik neverk, būk vyras, – dabar jau rugiagėlė ėmė raminti savo bičiulį. – Paklausyk, aš tau turiu pasakyti svarbų dalyką: žiema bus ilga ir šalta. Ir jei tu pasiilgsi mano kvapo, tai keliauk į Afriką, ten rasi didžiulę rugiagėlių pievą, kurioje auga tūkstančiai mano sesučių ir pusseserių. O kai nuvyksi į tą pievą Afrikoje, perduok visoms rugiagėlėms daug linkėjimų ir pasakyk, kad aš jų neužmiršau, kad aš visas jas prisimenu ir labai myliu... O kai jau būsi jas aplankęs, kai prisiuostysi jų iki valiai ir grįši namo, – jau bus pavasaris ir aš vėl išdygsiu...

Tai pasakiusi, ji pabučiavo Dominyką į lūpas ir abu draugai kurį laiką susijaudinę tylėjo.

Paskui rugiagėlė vėl pasisuko į arklį ir, žiūrėdama tiesiai į jo dideles drėgnas akis, ramiai pusbalsiu tarė:

– Aš nenoriu, kad mane sušaldytų šalna... Man labiau patiktų, jeigu mane tu nusiskintum, susidžiovintum ir paslėptum kokioj nors tik tau vienam žinomoje vietoje. Tada bet kada, netgi žiemą, galėtum mane aplankyti ir mudu sau kalbėtumėmės. O pavasarį vėl pasodintum čia, toje pačioje mūsų pažinties ir meilės vietoje...

Kad ir kaip Dominykui skaudėjo širdį, tačiau vis tiek jis nutarė paskutinįjį savo draugės prašymą išpildyti. Juolab kad visu kūnu jautė, jog nuo upės jau atsėlina šalna ir netrukus gali būti vėlu. Pabučiavo jis karštai savo mylimą rugiagėlę ir užspaudė savo lūpomis jai akeles. Paskui, švelniai sukandęs, išrovė ją iš pievos su visomis šaknimis ir, atsisukęs upės link, pamatė, kaip blyksėdama sidabriniais dantimis nuo upės atsėlina šalna. „Reikia skuost, kol nevėlu", – pagalvojo arklys

Dominykas ir pasileido lėkti su rugiagėle dantyse, kiek tik kojos neša. Šuoliavo jis nesustodamas dieną ir naktį, paskui dar dvi dienas ir dvi naktis, o trečiąją dieną pasiekė didžiulę jūrą. Jūroj bangavo didžiulės bangos, aukštai danguje skraidė kirai, o tolumoje plaukiojo didžiuliai laivai – į Afriką ir atgal. „Štai čia tau bus smagu ilsėtis", – pagalvojo Dominykas, atvertė didžiulį pakrantės akmenį ir paguldė užmigusią rugiagėlę ant smėlio. Paskui susirado netoliese gulinčią jūros bangų nugludintą stiklo šukę ir uždengė su ja savo mylimąją. O tada jau užritino akmenį ant viršaus ir lengviau atsipūtė... Vos spėjo Dominykas šį savo darbą baigti, kai jį pasivijo įtūžusi šalna.

– Kur padėjai mano rugiagėlę?! – suriko jinai. – Tuoj pat atiduok!

– Aš tau jos ne-a-ti-duooosiu, – tyliai nusižvengė arklys, – nes ji kietai užmigo.

– Tada aš sušaldysiu tave, – pagrasino šalna ir ėmė artintis prie Dominyko, atkišusi savo sidabrinius peilius.

– Gali šaldyt kiek nori, aš tavęs nebijau, – atsakė jai arklys Dominykas, lėtai įbrido į jūrą ir, išdidžiai iškėlęs galvą, nuplaukė ten, kur ūkė laivai ir kur... kažkur toli toli... turėjo būti... jo mylimosios rugiagėlės protėvynė Afrika.

O įsiutusi šalna ėmė taip į visus šonus savo peiliais ir dantimis švaistytis, kad sušaldė visas po pliažą ropinėjusias vangias rudenines muses. Paskui šalna jas sušlamštė ir šiek tiek apsiramino.

Taip į Lietuvos pajūrį atėjo šalčiai, kurių arklys Dominykas jau nebijojo, nes plaukė sau ryžtingai, irdamasis kanopomis tolyn ir tolyn į atvirą jūrą. O šalna liko krante – it musę kandusi...

Arklys Dominykas ir baltoji meška

Plaukė arklys Dominykas nesustodamas kokią savaitę. Sustoti jis, atvirai kalbant, nelabai būtų ir galėjęs, nes aplinkui buvo vien jūra, pilna ruonių, strimelių ir kitokių menkių. Menkės, pavyzdžiui, labai stebėjosi, matydamos Baltijos jūroje plaukiantį arklį, ir klausinėjo viena kitos:

– Esam jūrose regėję visokių nedidelių jūros arkliukų, bet tokį didelį jūros arklį tai pirmą sykį matome... Menkės garbės žodis!

Tą menkės garbės žodį išgirdę, plaukiojančiu arkliu susidomėjo ir ruoniai. Jie priplaukė prie jo ir paklausė:

– Atleiskit, gal vėl koks tvanas ar pasaulio pabaiga, kad jau arkliai jūromis plaukioja?

– Ne ne, tikrai ne tvanas, – nuramino juos arklys Dominykas.

Arklio Domingko kelionė didelėje jūroje ir žvėri rugiagėlių vizija

– Kol kas ir ne pasaulio pabaiga. Tiesiog aš nusprendžiau plaukti žiemoti į Afriką, nes ten šilta, smagu ir auga daug rugiagėlių... O gal jūs man pasakytumėt, ar aš teisingai plaukiu į Afriką?

Ruoniai susimąstė ir susiginčijo. Vieni galvojo, jog Afrika yra Amerikoj, o kiti – kad Anglijoj. (Tenka užsiminti, kad ruoniai buvo dideli tinginiai ir todėl beveik nevaikščiojo į mokyklą, dažnai bėgdavo iš pamokų ir gulėdavo visokiose ruonių gulyklose, išvertę pilvus it kokie pilvūzai...) Kol jie ginčijosi, arklys Dominykas mandagiai padėkojo ir nuplaukė toliau. Netrukus jis priplaukė didelį ledo lyties gabalą, ant kurio plaukiojo moteriškos lyties baltoji meška. Kadangi arklys Dominykas jau buvo labai pavargęs, tai nutarė jos ne tik kelio pasiklausti, bet ir nakvynės pasiprašyti bei pailsėti.

– Atleiskit, gal galima būtų ant jūsų lyties pailsėti? – priplaukęs arčiau, mandagiai paklausė Dominykas.

– Plaukit arčiau, lipkit čionai, – apsidžiaugė baltoji meška, – aš kaip tik jau gerokai išalkau... O jūs, matau, drūtas kaip eržilas...

– Koks čia iš manęs beeržilas, – bandė kalbą nusukti šonan Dominykas, – vien kaulai ir oda. Tik kuinas iš manęs liko.

– Iš bado meškos ir kuiną ėda... – vis tiek laikėsi savo baltoji meška, – lipk čionai...

– Aš jums duočiau gerą patarimą, jeigu mane gyvą paliktumėt, – pasakė meškai arklys Dominykas, ir meškos akys sublizgo. Ji, kaip ir visos moteriškos lyties meškos, labai mėgo gerus patarimus.

– Gerai jau gerai, paliksiu, tik lipk čion ant lyties ir duok greičiau tą patarimą, – skubino arklį Dominyką baltoji meška. Arklys vargais negalais užsiropštė ant ledo gabalo, nusipurtė sūrius jūros vandenis ir tarė:

– Kol kas aš dar negaliu tau duoti patarimo, nes, gavusi tą patarimą, tu mane iškart prarysi. Geriau aš patarimą tau duosiu tada, kai tu išpildysi vieną kitą mano norą.

– Sakyk tik greičiau tą savo norą, – nekantraudama tarė meška – jos smalsumas, matyt, buvo daug didesnis net už jos alkanumą. – Vieną išpildysiu, o kito tai ne... Negaliu...

– Gerai jau gerai, užteks ir to vieno, – ramiai ėmė dėstyti reikalą arklys Dominykas. – Matai, man labai reikia nuplaukti į Afriką. Ir kai aš jau matysiu netoliese dunksančius Afrikos krantus, tada ir duosiu tau gerąjį patarimą.

Meška, išgirdusi, ko reikalauja Dominykas, tuoj pat sumojo, kaip elgtis, ir pastukseno savo galinga letena į ledo lytį. Tai išgirdę, iš jūros gelmių tučtuojau išniro du banginiai – Tikas ir Takas – ir paleido savo fontanus. Jiedu buvo geri meškos bičiuliai, dėl to iškart išnirdavo – jeigu kas...

– Mieli mano bičiuliai Tikai ir Takai, ar negalėtumėte jūs mane kartu su visu šituo nelaimingu arkliu nugabenti į Afriką?

– Galėtumėme, – vienu balsu atsakė Tikas bei Takas ir taip pliaukštelėjo savo galingomis uodegomis į jūros paviršių, kad arklys su meška net kiaurai permirko... Paskui Tikas su Taku iškišo savo banginiškas nosis ir ėmė lėtai stumti ledo lytį Afrikos link. Taip jie stūmė kokias dvi savaites, o meška, stovėdama ant lyties krašto, savo galinga letena visokias menkes bei strimeles gaudė ir gardžiai jomis maitinosi. O arklys Dominykas buvo vegetaras, tad žuvų nė į žabtus neėmė ir sulyso kaip koks sulysęs asilas...

Kada tolumoje jau pasirodė Afrikos krantai, meška nekantraudama vėl paklausė:

– Na štai, tolumoje boluoja Afrikos smėlynai. Aš išpildžiau, ką pažadėjusi, tai gal dabar jau ir tamsta duosi man tą savo patarimą?

– Gerai jau gerai. Dabar tai jau duosiu patarimą, – atsakė jai arklys Dominykas ir dėl visa ko įšoko į vandenį. Nuplaukęs nuo šaltosios lyties keletą grybšnių Afrikos krantų link, jis atsisuko ir tada jau tarė: – Mano patarimas toks: esi labai susivėlusi meška, tai susišukuok savo garbanas ir pamatysi – tave iškart pamils koks nors meškinas, ir nebereikės vienai vidury jūros ant savo lyties plūduriuoti kaip kokiam plūdurui...

– Dėkui tau, gerasis Dominykai, – net susigraudino meška, tokį patarimą gavusi, – tu atspėjai mano slaptąją gėlą... Man išties nusibodo vienai visą gyvenimą plūduriuoti. Grįžusi namo aš būtinai susišukuosiu!

Ant aptirpusios lyties stovinti meška ilgai dar mojavo savo

Gražiai besisukuojanti baltoji meška

gerajam patarėjui arkliui Dominykui, sparčiai artėjančiam prie Afrikos krantų... Paskui meška apsuko savo lytį, pastukseno letena, ir vėl prisistatė Tikas su Taku.

— Plaukiam į ašigalį, pas meškinus, — tarė ji.

Du labai apsikabinę meškinai

Banginiams kas — pasakyta pas meškinus, vadinasi, pas meškinus. Jie vėl įrėmė savo nosis į sparčiai tirpstantį lyties gabalą ir dideliu greičiu per bangas nustūmė jį su visa meška šiaurės linkui, — kol tas ledas dar visai neištirpo. O meška, bekeliaudama atgal, vėl gaudė menkes, kad kelelis, kaip sakoma, neprailgtų... Sugavusi čia pat jas dorojo ir maumojo, paskui žuvelių šukelėm savąsias garbanas šukavo. Ir grįžo meška į Šiaurės ašigalį graži ir pūkuota kaip koks pingvinas. Visi meškinai, vos tik ją pamatę, išėjo iš proto visomis kryptimis, kur tik jų akys matė. Tik vienas meškinas iš proto neišėjo, — mat jau ir prieš tai buvo beprotis. Jis pusnyje susirado pamestą pingvino sparną ir ėmė jį visaip aplink mešką rėžti, kol toji be mūšio pasidavė jo vilionėms... Ir — vaje! — nuo to laiko jie ėmė lauktis vaiko, bet kadangi mūsų pasakojimas ne apie baltąsias meškas, o apie arklį Dominyką, tai grįžkime į Afriką.

Arklys Dominykas ir krokodilas Markas Aurelijus

O arklys Dominykas tuo metu jau lipo į Afrikos krantą. Čia švietė saulė, pakrantėje augo kelios vienišos kokoso palmės ir buvo karšta kaip Afrikoje... Kadangi Dominykas po tokios ilgos kelionės buvo labai išalkęs bei sulysęs tarytum koks kuinas, tai pirmiausia jis norėjo susirasti maisto ir ką nors užkąsti. Pabandė atsikąsti kokoso riešuto, bet vos danties nenusilaužė. Tada apsidairė – bet aplink tebuvo vien dykuma ir smėlis. Ir anei jokio augalėlio, kurį galėtų kramtyti arkliai, nematyti. Tada Dominykas nutarė eiti jūros pakraščiu tolyn – kol prieis kokią nors pievą ar bent jau bananų plantaciją. „O jeigu neprieisiu jokios pievos, tai, matyt, teks numirti iš bado", – nelinksmai sau mąstė Dominykas ir ėjo žemai nuleidęs galvą. – „O jei tektų numirti, tai kitą pavasarį niekas

Lietuvoje iš po akmens nebeištrauks mano gražiosios rugiagėlės, ir ji ten liks amžinai..." Tačiau arklys nenorėjo mąstyti vien tik liūdnai – močiutės Domicelės jis buvo išauklėtas taip, jog kiekvienoje, net ir pačioje blogiausioje, situacijoje stengdavosi įžvelgti ką nors gera. Taip jis galvojo ir dabar: „Jeigu ir numirsiu iš bado, tai tada bent danguj mudu su rugiagėle susitiksim, kur visi sušalusieji, susirgusieji ir mirusieji iš bado susitinka jau amžinai draugystei..." Taip, sunkiai vilkdamas pavargusias kojas, ir klampojo toliau arklys Dominykas per įkaitusį pakrantės smėlį. Paskui pavargęs sustojo, pakėlė galvą ir apsidairė – vaje, netoliese matyti didžiulė upė, įtekanti į jūrą! „Negali būti. Tikriausiai čia koks nors dykumų miražas", – pamanė Dominykas ir dėl visa ko papurtė galvą. Bet miražas neišnyko – arklys ir toliau matė didžiulę upę, o tos upės krantuose tupėjo visokie spalvoti flamingai bei nardė pelikanai. Dominykas pakėlė galvą į dangų – kažkur aukštai aukštai, tarsi reaktyvinis lėktuvas, praskrido gandras Alfonsas su žmona Birute: jie, kaip ir kiekvienais metais, atvyko į Afriką žiemos atostogų. Besidairydamas toliau, Dominykas išvydo ir cukringas nendres, augančias tos upės pakraščiuose. „Na, dabar tai užkąsiu po kelionės", – apsidžiaugė arklys Dominykas ir įbridęs upėn pilna burna ėmė šlamšti visokius afrikietiškus pakrančių augalus. Tik staiga jis kojoje pajuto aštrų skausmą – tarsi kažkas galingomis replėmis būtų ją suspaudęs. Šoko Dominykas išsigandęs į krantą ir tik žiūri, kad jo koją įsikandęs laiko kažkoks keistas padaras – būtų lyg ir driežas, bet didesnis už driežą... Būtų lyg ir rąstas, tačiau rąstai (bent jau Lietuvoje) tai tikrai neturi nei akių, nei aštrių dantų...

– Kas tu toks ir ką tu čia darai? – paklausė jo arklys Dominykas.

– Aš esu Nilo krokodilas Markas Aurelijus ir ketinu tave sudraskyti į gabalus, o paskui suėsti! – atšovė keistasis padaras, trumpam iš dantų paleidęs arklio koją.

– Baik tu, aš neskanus, – tėviškai pamokė jį arklys Dominykas ir taip spyrė kanopa Markui Aurelijui į dantis, kad tas vargšelis nulėkė į patį upės vidurį.

Išspjovęs keletą nulūžusių dantų, Markas Aurelijus tučtuojau susikvietė visus Nile gyvenančius gimines – dėdes ir tetas, pusbrolius ir pusseseres... O tada jie išsirikiavo upės paviršiuje į darnią vorą ir patraukė arkliui Dominykui kerštauti. Mat Afrikos krokodilai turi tokią nerašytą taisyklę: dantis už dantį. Ir štai – plaukia jų aštrios nugaros Nilo paviršiumi. Bet arklys Dominykas irgi nepėsčias: pamatė, kas vyksta, ir nutarė dėl viso pikto pasagas pasigaląsti – braukia per akmenis, net žiežirbos eina.

Apsupo jį krokodilai iš visų pusių, o vyriausias iš jų, Marko Aurelijaus dėdė Vincas Aurelijus Dux, ir sako:

– Kadangi tu išmušei dantis mano sūnėnui Markui Aurelijui, tai dabar mes tave suėsim. Tik tu mums pasakyk, kodėl ugnis iš tavo kojų eina...

– Matot, aš esu arklinis drakonas, – atsakė jam arklys Dominykas, – ir jei man kas nors įkanda, tai iš tos vietos pradeda trykšti ugnis... O dabar – prašom, ėskit mane, jeigu jau jūs tokie arklėdros...

Tuomet krokodilai susimąstė. „Jeigu mes, tarkim, jį sudraskysim, – mąstė jie, – ir jeigu jam iš visų galų pradės eiti ugnis, tai ir mus sudegins... Gal geriau palikim mes jį ramybėj...“

Kaip tarė krokodilai, taip ir padarė: paliko Dominyką ramybėj, o patys nuplaukė pas dantistą Flamingo Migelį don Plazą, kuris sudėjo Markui Aurelijui naujus žirafos dantis, nes krokodiliški dantys tą dieną jau buvo pasibaigę...

Per didelę dykumą keliaujantis arklys ir tolimi kupranugariai

Arklys Dominykas ir kupranugariai

Pamatęs, kad pavojaus nebeliko, nes krokodilai jau nuplaukė sau it kokie rąstai, arklys Dominykas vėl įsibrido į Nilo upę ir iki soties prisivalgė sultingųjų nendrių. O tada jau susiruošė keliauti toliau – ieškoti stebuklingosios rugiagėlių pievos, apie kurią buvo pasakojusi jo mylimoji rugiagėlė. Iš pradžių ėjo palei upę, bet paskui užuodė iš dykumos atsklindantį silpną rugiagėlių kvapą ir nutarė, kad rugiagėlių pieva bus kitoje dykumos pusėje. Taigi jis dar kartą įbrido upėn, paskutinį kartą atsigėrė vandens (kokius tris kibirus), taip pat užkrimto ir skaniųjų Nilo lelijų ir tada jau patraukė tiesiai per dykumą... Keliavo arklys Dominykas kokias tris dienas – aplinkui nebesimatė jokios gyvybės: nei medelio, nei vandenėlio, nei jokios žolytės.

Bet štai trečiąją kelionės dieną jis sutiko kupranugarių vilkstinę, prisigretino prie jų ir paklausė:

– Atleiskit, gerbiamieji kupranugariai, ar jūs kartais nesat kur nors Afrikoje matę arba uostę nuostabios rugiagėlių pievos? Bet kupranugariai buvo tikri kupranugariai ir jiems nelabai rūpėjo arklys Dominykas su kažkokiom savo rugiagėlėm. Kupranugariai buvo verslininkai ir jiems rūpėjo vien tik jų brangūs kroviniai, pririšti prie kuprų.

– Mums nerūpi tavo rugiagėlės, nes jų brangiai neparduosi, – išdidžiai atsakė kupranugarių vilkstinės vadovas Salamas bin Salamis, – mums rūpi tik mūsų prekės. Mums svarbu kuo brangiau jas parduoti, o už gautus pinigus nusipirkti dar daugiau gerų prekių, kurias būtų galima dar brangiau parduoti. Mat mums labai trūksta labai didelių pinigų...

– O kiek jums jų trūksta? – pasmalsavo Dominykas.

– Labai daug, – pasigirdo trumpas ir aiškus atsakymas.

– O ką jūs paskui darysit su tais labai labai dideliais pinigais, kuriuos gausit už savo labai labai brangias prekes? – dar kartą paklausė arklys Dominykas kupranugarių vadovo bin Salamio.

– Paskui pirksime dar brangesnių prekių, o paskui dar brangesnių, o kai jau brangesnių prekių nebebus, tai nusipirksime Žemės rutulį, o paskui pradėsime supirkinėti ir žvaigždes.

– O kam jums tiek daug visko reikia? – negalėdamas atsistebėti vis klausinėjo Dominykas.

– Matai, mes norim labai daug visko turėti, nes tas, kuris labai daug visko turi, yra tikras kupranugaris, o tas, kuris turi nedaug – netikras. Pavyzdžiui, tamsta esat tikras arklys ir nė iš tolo neprimenat kupranugario.

– O aš niekad ir nebūsiu kupranugaris, nes nenoriu ant nugaros nešioti jokios sunkios kupros.

– Neišmanėli, – pamokė Dominyką kitas kupranugaris, vardu Omaras bin Kalmaras, – juk mūsų kuprose sukrautos visos mūsų brangenybės: deimantai, briliantai ir kitokie rubinai... Kolegą bin Kalmarą palaikė ir grupės vadovas kupranugaris Salamas bin Salamis:

– Arklys, kuris nenori tapti kupranugariu, yra tikras asilas, nes nieko nesupranta apie turtų turėjimo naudą.

– Kas iš to turėjimo, jei jis toks sunkus, jei jį reikia visą gyvenimą susikūprinusiam nešioti, – apsimetęs naivuoliu toliau verslininkus kupranugarius erzino Dominykas. – Be to, jūs net neįsivaizduojat, kiek aš daug visko turiu!

– Ką tu turi ir kiek? Gal nebrangiai parduotum? – tuoj pat sukluso kupranugarių vilkstinė.

– Aš turiu viską, kas yra aplink, – va oras, va saulė, va debesys, va dykuma, – lėtai dėstė Dominykas.

– Betgi tu, arkly, neišmintingas ir neišsilavinęs, – nutarę arklį Dominyką pamokyti seni, daugel turtų matę kupranugariai, sustojo aplink jį ratu, – juk oras, saulė ir debesys yra beverčiai dalykai, nes jų negalima brangiai parduoti.

– Taigi jūs patys neišmintingi ir neišsilavinę, – toliau savo tiesą kupranugariams įrodinėjo Dominykas. – Taigi tik pagalvokit: jeigu šis bevertis, kaip jūs sakote, oras pasibaigtų, jūs numirtumėt ir patys taptumėt beverčiais. O jeigu saulė

nebešviestų – jūs sušaltumėt ir taip pat numirtumėt. O jeigu debesys kartais nepalytų, tai išdžiūtų visos upės, ir jūs dar kartą numirtumėt, nes neturėtumėt iš ko atsigerti. O štai be jūsų deimantų galima ramiai gyventi šimtą metų ir nenumirti...

Kupranugarių grupės vadovas prikando lūpą, nežinodamas, kaip čia gudriau tam arkliui Dominykui atsikirsti, ir trumpam nutilo. Bet po minutėlės prabilo vėl:

– Mes negalim ir negalėsim vieni kitų suprasti, nes esam skirtingų rūšių gyvūnai. Mes šnekam skirtingomis kalbomis – tu kalbi arklių kalba, o mes kupranugarių. Todėl nė neverta daugiau su tavim čia ginčytis, mes keliausim toliau savo keliu, o tu keliauk savo.

Atsisveikinę kupranugariai užsikrovė ant kuprų sunkius, brangenybių prikrautus krepšius ir lėtai krypuodami nukrypavo savo keliu. O arklys pasuko visai priešingon pusėn, iš kurios dvelkė švelnus rugiagėlių pievos aromatas...

Staiga jį pasivijo kažkokie šūksniai:

– Dėde arkly, palaukit....

Atsigręžęs arklys Dominykas pamatė mažą kupranugariuką Bambą bin Bambino, kuris vijosi jį, net sukaitęs visas.

– Dėde arkly, dėde arkly, palaukit, – pasivijęs sunkiai alsavo mažylis. – Gal jūs galėtumėt man nuo kupros nuimti mano kuprinę, nes labai pavargau ir nugarytę jau skauda...

– Betgi tavo tėveliai tave bars, – nusistebėjo arklys.

– Jie nepastebės, jie tik savo kuprom susirūpinę... O aš juk noriu ir padūkti, ir po dykumą palakstyti. O ši kuprinė, pilna brangakmenių, man to daryti neleidžia. Nuimkite – labai prašau... Ir galite tas brangenybes pasiimti sau...

– Nereikia man tų tavo brangenybių, geriau mes jas užkaskim į smėlį, – atsakė kupranugariukui Dominykas, – ir jei kada nors užaugęs tu netyčia užsimanysi tapti turtingu kupranugariu, galėsi atkeliauti čia ir atsikasti savo kuprą. Sutarta?

– Sutarta, – apsidžiaugė mažasis dykumų keleivis ir atsiklaupęs ant priekinių kojų, kad arkliui patogiau būtų jo kuprinę nusegti, dar pasvajojo: – Kai užaugsiu, už tas brangenybes padarysiu ką nors labai gera... Gal nutiesiu per dykumą upę ir pasodinsiu jos krantuose daug daug palmių, bananų ir mangų, kad keliautojai turėtų kur pailsėti ir atsigauti. Arba įsteigsiu kupranugarių šokių ir dailės mokyklą, kad niekas nebesakytų apie mus, jog esam neišsilavinę it kokie kupranugariai...

Taip mažajam bin Bambinui besvajojant, Dominykas nuėmė nuo jo didžiulę kuprinę ir čia pat smėlyje ją užkasė.

– Ačiū tau, gerasis arkly, – su ašaromis akyse padėkojo kupranugariukas ir pridūrė: – Kaip aš tau galėčiau atsidėkoti?

– Kad man nieko nereikia, – nusišypsojo Dominykas, – nes viską, ko man reikia, aš turiu. O jei ko neturiu, tai, vadinasi, nenusipelniau ir todėl man to nereikia.

– Aš girdėjau, kad tu ieškai rugiagėlių pievos... – netikėtai pasakė bin Bambino. – Tai žinok, ji nebetoli. Eik tiesiai į vakarus, ten pamatysi didelį baobabą, o nuo jo jau tik pora dienų kelio. Bet kadangi tamsta esi be sunkios kupros, tai nueisi ir per pusdienį. Lik sveikas...

– Lik sveikas, mažyli, – su savo jaunuoju bičiuliu atsisveikino arklys Dominykas ir pasuko per dykumą baobabo link. O laimingasis Bamba bin Bambino nusivijo per dykumas savo vilkstinę tokiu greičiu, kad net smėlio audra iš po jo kanopų pakilo.

Linksmas kupranugariukas

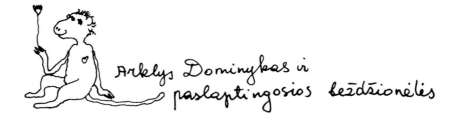

Arklys Dominykas ir paslaptingosios beždžionėlės

Keliavo arklys Dominykas vakarų kryptim bemaž nesustodamas, nors smėlio audra ir barstė aštrias smėlio smilteles jam į akis bei ausis. O kai vakare atsiguldavo pamiegoti, tai kitą rytą dažnai jam it kokiam kurmiui reikėdavo net iš žemių išsikasti – tiek smėlio prinešdavo ta nelemtoji smėlio audra. Trečiąją kelionės dieną smėlio audra ėmė rimti, ir staiga arklys išgirdo nežemiško grožio balsus – tarsi kur netoliese giedotų angelai. „Tikriausiai jau išprotėjau, turbūt man vaidenasi“, – pagalvojo susirūpinęs Dominykas ir pradėjo atsargiai eiti to paslaptingo giedojimo link. Tačiau kai jau visiškai priartėjo prie tų keistųjų garsų, jie netikėtai ėmė ir nutilo. Apsižvalgė arklys Dominykas aplinkui ir pamatė netoliese augantį didžiulį baobabą. Priėjo arčiau, įdėmiai iš visų pusių apžiūrėjo tą galingą medį, bet taip ir nepamatė nieko tokio, kas galėtų giedoti. „Turbūt išties išprotėjau, matyt, reikia man pailsėti", – nutarė arklys ir įsitaisė po baobabu snūstelėti. Ir vos tik jis užsnūdo, vėl pasigirdo paslaptingi garsai. Bet arklys Dominykas į tai nebekreipė jokio dėmesio, nes manė, jog sapnuoja. O sapnavo jis, kad yra pasiklydęs kažkur viduryje Afrikos ir miega dykumoje po didžiuliu baobabu, kuriame slapstosi be galo paslaptingos beždžionėlės. Jos tupi įsirangiusios aukštybėse tarp tankių baobabo šakų, apsikaišiusios jų lapais – iš toliau žiūrėdamas nė už ką nepasakytum, kad baobabas pilnas beždžionėlių. Paskui arklys Dominykas dar susapnavo, kad beždžionėlės išlipa iš baobabo ir vaišina jį skaniausiais bananais bei ananasais, o jis atsidėkodamas pasiūlo panešioti jas ant savo nugaros po dykumą. Ir kad supuola visos beždžionėlės jam ant nugaros, tai Dominykas vos ne vos nuo žemės atsikelia. Pradeda jis jas nešioti po dykumą ir ūmai supranta, kad ilgai su tokiu nešuliu neištvers. Ir nutaria jis kaip nors gražiai, nepastebimai tų

Domingkas, miegantis po dideliu baobabu ir paslaptingosios bedzionelis beždžionėlių skaičių sumažinti... Eina eina, sutinka žirafą – ir padovanoja jai vieną beždžionėlę. Žirafai iš tiesų nelabai tos beždžionėlės reikia, bet negi atsisakysi, kai dovanoja. Dovanojančiam arkliui į dantis taigi nežiūrėsi – paėmė žirafa vieną beždžionėlę ir nulėkė kažin kur savanomis link Kilimandžaro. Paskui Dominykas susitiko zebrą – padovanojo beždžionėlę ir tam, paskui sutiko antilopę – ir jai davė. Vėliau sutiko gepardą, bet šiam tiesiog intuityviai kažkodėl nutarė beždžionėlės neduoti. Paskui dar sutiko raganosį – atidavė jam vieną, o tas paprašė dar ir antros. Taip Dominyko našta vis lengvėjo ir lengvėjo, vis mažiau rūpesčių slėgė jo pečius. Iki vakaro ant sprando liko vos viena beždžionėlė, kurią galų gale priglaudė pro šalį bėgęs strutis... Ir liko arklys Dominykas lengvas lengvas – be jokių problemų. Tada pasirąžė smagiai ir... pabudo. Pabudęs pasijuto lengvas lengvas ir gerai pailsėjęs, tad atsistojo, dar sykį apžiūrėjo keistąjį baobabą ir pastukseno kanopa į kamieną. Netrukus iš drevės išlindo kažkieno susivėlęs pakaušis.

– Labas rytas. Atleiskit, o kas jūs toks? – mandagiai paklausė Dominykas.

– Aš ne toks, o tokia. Aš šimpanzė Emanuela, – atsakė iš drevės išlindusi beždžionėlė ir tuoj pat ėmė visaip vaipytis.

– O kodėl jūs taip vaipotės? – pasiteiravo arklys Dominykas.

– Juk vaipytis yra negražu...

– Kas jums sakė, kad negražu?.. – nusijuokė Emanuela. – Iš kur jūs, arkliai, galit žinoti, kas beždžionėms gražu, o kas negražu? Jūs esat darbininkai ir jūsų darbas – arti laukus. Gal man irgi negražu, kai kas nors nosim laukus aria... O mes esam artistės ir mūsų darbas yra vaipytis, aišku? – išdrožė šimpanzė ir iškišo savo ilgą raudoną liežuvį.

– Dabar aišku. Labai atsiprašau, aš nežinojau, kad vaipytis yra jūsų darbas, – net paraudęs atsiprašinėjo Dominykas, – tačiau jūs irgi suklydote, kalbėdama apie arklius. Aš, tarkim, esu laukinis arklys ir žemės niekad neariu...

– Tai tada jūs esat tinginys ir dykaduonis, – toliau erzino arklį beždžionė Emanuela. – Įdomu, kaip jūs tada sau duoną užsidirbat?

– Matot, aš nevalgau duonos, aš žiaumoju žolę. O žiemą –
šieną... Ir dėl maisto nesirūpinu. Pasižiūrėkit į dangaus
paukščius – juk jie nei sėja, nei pjauna, o visada turi ką lesti.
– Betgi jūs, jeigu aš neklystu, nesate paukštis, – Dominyko
žodžių teisumu suabejojo beždžionė.
– Kiekvienas iš mūsų gali būti kaip paukštis, – savo mintį
beždžionėlei paaiškino arklys Dominykas, – svarbu leisti skristi
savo svajonėms, geriems norams – tada vieną dieną ir pats
pakilsi...
– Nesąmonė!.. Jau aš tai tikrai niekada nepakilsiu, – nusijuokė
Emanuela, – nebent uraganas nuneštų... Va pernai čia praėjo
vienas, tai visos mano baobabo kaimynės pakilo į orą ir
nebegrįžo. Dar ir dabar kartais jų sielos naktimis atskrenda į
baobabą, sutupia ant šakų ir gieda kaip angelai...
– Tai štai kokias giesmes aš praeitą naktį girdėjau, –
pakinknojo galva Dominykas, – amžiną joms atilsį... Na –
dėkui už pokalbį, aš jau keliausiu...
– O kur jūs keliaujat? – nesiliovė klausinėti beždžionė ir vėl

truputį pasivaipė, nes toks buvo jos darbas.

– Aš keliauju ieškoti rugiagėlių pievos. Man vienas pažįstamas kupranugaris sakė, kad ji turėtų būti kažkur už baobabo.

– Nemačiau aš jokios rugiagėlių pievos, – atšovė pamaiva beždžionėlė, – bet vieną kartą prie baobabo buvo atklydęs toks jaunas begemotas, vardu Nikodemas. Tai jis, kiek pamenu, už ausies buvo užsikišęs rugiagėlės žiedą.

– O kur, kur gyvena tas begemotas? Parodykit man... Labai prašau, – ėmė maldauti Dominykas, suklupęs ant priekinių kojų.

Toks arklio elgesys beždžionėlei paliko gerą įspūdį ir ji tarė:

– Na neklūpėkit, nereikia... Begemotas gyvena prie nedidelės trijų palmių oazės. Eikite į vakarus niekur nesigręžiodamas ir už kokių trijų dienų prieisite.

– Ačiū jums, geroji beždžionėle, – padėkojo arklys Dominykas ir galantiškai pabučiavo Emanuelai rankytę.

– Palaukit palaukit, betgi jei jūs iškeliausit, tai prieš ką aš tada vaipysiuos? – staiga susijaudino beždžionėlė.

Linksmas arklys Dominykas
ir koketiška beždžionėlė
Emanuela

– Aš greit grįšiu, nesirūpinkit. Jei porą dienų nepasivaipysit, nieko neatsitiks, – nuramino ją arklys ir nudrožė tiesiai vakarų kryptim.

O beždžionėlė nulindo atgal į savo drevę, kurioje prie sienos stovėjo didžiulis nežinia iš kur po uragano atsiradęs veidrodis. Atsistojo prieš veidrodį beždžionėlė ir ėmė maivytis, arklį Dominyką pamėgdžiodama:

– Aš greit grįšiu, nesirūpinkit. Jei porą dienų nepasivaipysit, nieko juk neatsitiks...

Truputį įsižeidusi Emanuela

Arklys Dominykas ir begemotukas Nikodemas

Ir iškeliavo arklys Dominykas toliau į vakarus. Rugiagėlių kvapas vis stiprėjo, stiprėjo, ir galų gale Dominykas išvydo didžiulę nuostabią rugiagėlių pievą. O tos pievos pakraštyje jis pamatė begemotuką Nikodemą, kuris stovėjo kaip įbestas pagalys ir, matyt, šios pievos grožio sužavėtas, negalėjo ištarti nė žodžio. Gal ir norėtų pasakyti, tarkim, – „kokia graži pieva, kaip man čia gera žaisti", bet kas iš to, kai nori, o negali...

Arklys Dominykas prišuoliavo prie jo ir džiaugsmingai sušuko:

– Sveikas gyvas, begemote! Kaip gyveni?

Bet Nikodemas neatsakė nė žodžio...

– Laba diena, aš arklys Dominykas! – dar garsiau šūktelėjo arklys, manydamas, kad begemotukas gal neprigirdi.

Tačiau begemotas ir toliau elgėsi kaip įbestas – stovėjo ir

savo žydrom begemotiškom akim žiūrėjo į rugiagėlių pievą.
– Kas tau atsitiko, gal apkurtai? – suriko arklys, bet ir šįsyk begemotukas net galvos jo pusėn nepasuko. Tada Dominykas apėjo begemotą ratu ir atsistojo priešais jį, – kad tas nors pamatytų, jog su juo yra šnekama. Bet ir šis būdas nedavė teigiamų rezultatų, nes begemotukas paprasčiausiai nusigręžė į priešingą pusę, nemandagiai atsukdamas Dominykui kuprą, ir spoksojo toliau į kitą pievos pusę. „Tikriausiai jis neapkenčia arklių, – ėmė svarstyti Dominykas. – Gal vaikystėje jam yra įspyręs koks nors arklys ir nuo to laiko jis mano, kad visi arkliai tik spardosi... O gal jį užkerėjo kokia baisi afrikietiška ragana ir atėmė iš jo žadą. Jeigu viskas įvyko taip, kaip aš spėju, tai dabar ta ragana turi du žadus – begemotuko ir savąjį, o šis vargšelis nebeturi nė vieno... Gal aš galėčiau kaip nors jam padėti tą žadą atgauti?"
Ir pabandė jis prisiminti, kaip gaivinami gyvūnai, netekę žado. Ir prisiminė, kaip kažkada buvo matęs vieną žmogų, nukritusį nuo arklio ir gulintį be žado. Tai prie jo pribėgęs kitas žmogus

padaužė nukritusįjį per žandus ir tas kaipmat atsigavo...
Nutarė ir Dominykas pabandyti šį metodą pritaikyti
begemotukui pagydyti. Priėjo ir porą kartų trinktelėjo – per
vieną žandą, paskui per kitą...
Begemotukas tučtuojau atgavo žadą ir pradėjo šaukti:
– Ko čia spardais kaip koks arklys, gal nematai, kad rugiagėlėm
grožiuosi?!

– Atsiprašau, aš pamaniau, kad tu susirgai, – atsiprašinėjo
arklys Dominykas. – Be to, aš norėjau pasiklausti, kur yra
rugiagėlių pieva, bet dabar ir pats ją matau, taigi klausti kaip
ir nėra jokios prasmės.
– Jūs, arkliai, pernelyg dažnai visko klausinėjat, nes nemokat
prieš paklausdami pagalvoti savo galva, – ėmė pamokslauti
žadą atgavęs begemotukas Nikodemas, – ir jeigu jūs geriau į
viską įsižiūrėtumėt, ilgiau patylėtumėt ir ramiau
pamąstytumėt, tai suprastumėt, kad viską puikiausiai galima
suprasti ir be žodžių.
– Aš pasistengsiu, aš pasitaisysiu, – pažadėjo paraudęs

Dominykas ir padėkojo: – Ačiū jums už šias vertingas gyvenimo pamokas...

– Nėr už ką, – atsakė Nikodemas ir vėl nusisuko į kitą pusę. Arklys Dominykas, nesmagiai jausdamasis, patrypčiojo vietoj ir jau norėjo bristi į rugiagėlių pievą. Bet staiga apsigalvojo ir, dar sykį apėjęs begemotuką, vėl atsistojo priešais jį ir paklausė:

– Atleiskite, mielas begemotuk... Jūs esate toks išmintingas gyvulys, kokių aš dar niekad nesu sutikęs. Gal galėtumėte man pasakyti – ką gi jūs šiuo metu tylėdamas galvojate?

– Aš galvoju nieką, – kiek patylėjęs atsakė Nikodemas. – Matote, aš esu taip išvargęs nuo visokiausių nereikalingų minčių, kad dabar stengiuosi apie nieką negalvoti. Tiesiog grožiuosi viskuo, ką matau...

– Ir jums niekad nepasidaro liūdna taip su niekuo nesikalbant tik vienam pačiam viskuo grožėtis? – toliau klausinėjo Dominykas.

– Man retai kada būna liūdna, nes aš dar pakankamai jaunas, – atsakė išmintingasis Nikodemas, – o liūdni dažniausiai būna suaugę begemotai, kurie nebeturi laiko atsistoti ir žiūrėti į rugiagėlių pievą. Jie visur skuba, lekia, amžinai pavargsta ir dėl to kartais būna labai liūdni.

– O ar jums niekada nesinori turėti draugų ir draugių? – vis neatstojo su savo klausimais Dominykas.

– Aš jų turiu nesuskaitomą galybę, – nusijuokė begemotukas.

– Visi, kuriuos kada nors esu sutikęs, yra mano draugai.

–Tai ką – nuo šiol ir aš būsiu tavo draugas? – nesitvėrė džiaugsmu Dominykas.

– Be abejo, nuo šiol tu būsi mano draugas, – patvirtino Nikodemas, – nes niekas čia nepatenka atsitiktinai.

– O kaip tu su manim draugausi, jei aš gyvensiu kitame žemyne, Lietuvoj?

–Matai, aš turiu tokį stebuklingą meilės spindulėlį, – paaiškino Nikodemas, – ir vakarais prieš miegą jį nusiunčiu savo draugams, linkėdamas jiems šviesių minčių ir daug laimės... Taip aš ir bendrauju su savo draugais.

– Oho! Iš kur tu jį gavai? Gal galėtum ir man parodyti? – susidomėjo Dominykas.

regenstukas Nikodemas – už ją mėlyną žydinti meditacija

– Parodyti aš tau jo negaliu, nes tu jo vis tiek nepamatysi, mat tik labai retas arklys gali išvysti tą spindulėlį, – paaiškino begemotukas. – Bet tu gali jį pajusti, tik užsimerk.

Arklys Dominykas užsimerkė ir tuoj pat pajuto, kaip kažkokia nuostabi šiluma užlieja visą jo kūną, ji plinta nuo galvos iki kojų ir ūmai jis tampa lengvas lengvas lyg balionas. O netrukus ėmė dėtis visiškai nesuprantami dalykai: arklys pajuto, tarsi jis kyla į orą, sklendžia link debesų, o apačioje mato nuostabią rugiagėlių pievą... Virš pievos skraido linksmi įvairiaspalviai drugeliai, o netoliese auga didžiuliai baobabai, kuriuose slapstosi paslaptingai giedančios beždžionėlės. Jos tupi aukštybėse tarp tankių baobabo šakų, apsikaišiusios jų lapais, – iš toliau žiūrėdamas nė už ką nepasakytum, kad baobabas pilnas beždžionėlių. Pasigrožėjęs paslaptingomis beždžionėlėmis, arklys – tarsi lengvas vasaros vėjelis – nusklendė toliau Afrikos paviršiumi ir netrukus netoli rugiagėlių pievos pamatė besiganantį tylų begemotuką Nikodemą, kuris stovėjo pievos grožio sužavėtas ir negalėjo tarti nė žodžio. Norėjo pasakyti – „kokia graži pieva, kaip man čia gera žaisti", bet negalėjo ištart... Paskui dar išvydo pulką didžiulių buivolų, bėgančių per savanas. O paskui tuos buivolus bėgo žirafos ir zebrai, stručiai ir liūtai. Ir suprato Dominykas, kad jis stebi Afrikos gyvulių sporto varžybas, kurias netrukus laimėjo gepardas Žanas Polis Gepardjė.

Po šių vaizdų arklys Dominykas pajuto, kad jo kūnas ima po truputį sunkėti ir leidžiasi ant žemės. Netrukus, minkštai bumbtelėjęs, arklys atsimerkė ir pamatė šalia stovintį ir besijuokiantį begemotuką.

– Aš juk skraidžiau! – sušuko Dominykas. – Kaip tu tai padarei?

– Tai ne aš padariau, tai mano meilės spindulėlis padarė, – atsakė Nikodemas. – O kaip jis tai padaro, aš ir pats nesuprantu. Ko aš tik jo paprašau – jis viską padaro. Štai ir dabar: aš paprašiau, kad tave paskraidintų virš Afrikos, jis ir įvykdė mano prašymą...

– O iš kur tu gavai tą spindulėlį? Aš irgi norėčiau tokį turėti,

– negalėdamas atsistebėti stebuklingais draugo gebėjimais, paprašė Dominykas.

– Galiu tau papasakoti, kaip aš gavau tą spindulėlį, jeigu turėsi kantrybės, – pasakė begemotukas ir pridūrė: – Bet nelinkėčiau, kad ir tau taip atsitiktų, kaip man atsitiko...

– Klausau įdėmiai, – tarė arklys Dominykas ir įsitempė visas, kad nė vienas Nikodemo žodelis pro ausį nepraslystų.

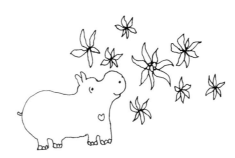

Begemotuko Nikodemo gyvenimo istorija

— Buvau tada jaunas, tik neseniai gimęs begemotas ir gyvenau laimingai su savo tėveliais, kurie buvo labai gerbiami begemotai visoje Afrikoje. Mes ganydavomės bekraštėse savanose kartu su antilopėmis ir zebrais, maudydavomės gražiuose atogrąžų upeliuose. Ir štai vieną dieną atsitiko baisi nelaimė: į mūsų savaną atklydo medžiotojai, jie nušovė mano tėvelį ir mamą, o man kažkaip pavyko po krūmu pasislėpti ir tie begemotžudžiai manęs nepastebėjo. Nušautus tėvelį ir mamytę jie įsimetė į savo dideles mašinas ir išsivežė kažkur toli toli. Nuo to laiko aš jų nebemačiau.

— O kaip tu likai gyvas? — paklausė arklys Dominykas, šio graudaus pasakojimo sujaudintas. — Ir ką tu darei paskui?

— Aš gulėjau, pasislėpęs po krūmu, ir verkiau, verkiau, nes

Nebijok,
mažas begemotuk
Nikodemai...

buvo labai baisu. Nežinojau, kaip toliau be mamos ir tėčio reiks gyventi, bijojau, kad manęs nesudraskytų koks liūtas ar gepardas – jų čia aplink nemažai gyveno. Ir štai, man beverkiant, staiga pasidarė šviesu šviesu, ir aš išgirdau balsą:

Palaiminti liūdintys:
jie bus paguosti.
Palaiminti romieji:
jie paveldės žemę.
Palaiminti alkstantys ir
trokštantys teisybės:
jie bus pasotinti.
Palaiminti gailestingieji:
jie susilauks gailestingumo.

– O kieno tai buvo balsas? – nuščiuvęs paklausė Dominykas.
– Nežinau, nes aš buvau iš baimės užsimerkęs, – atsakė Nikodemas, – tačiau kai atsimerkiau, pamačiau ryškią baltą

šviesą, kuri švietė prie pat manęs. Man pasidarė šilta ir gera. Ir aš nurimau... Paskui ta šviesa prakalbo: „Nurimk. Ir savo tėveliais nesirūpink – jie yra pas mane ir ganosi mano ganyklose... Eik į kitą Afrikos kraštą, kol pamatysi didelę rugiagėlių pievą – ten bus tavo namai. Niekuo nesirūpink, tik eik – tu turėsi tą pievą saugoti, kad jos kas neužpultų ir nenušienautų... Arba koks dykumų gaisras nenuniokotų“.

– Na, o toliau? Kaip visa ši istorija baigėsi? – nekantraudamas klausinėjo Dominykas.

Nikodemas tęsė pasakojimą:

– Aš tai šviesai atsakiau, kad bijau vienas eiti per dykumą, nes joje gyvena daug liūtų ir gepardų, kurie gali mane pagauti ir nužudyti. O šviesa vėl mane nuramino: „Nebijok, imk – duodu tau meilės spindulėlį. Jeigu jį nukreipsi į puolantį priešą – jis nebepuls, jei su juo apšviesi sergantį žvėrelį – jis pasveiks, nusiųsi jį liūdinčiam bičiuliui – ir jis pralinksmės...“

– Tai va, taip aš čia ir atsidūriau, – nelinksmą savo pasakojimą baigė begemotukas Nikodemas. – Nuo tol aš čia gyvenu ir saugau šią pievą. O dabar tu man papasakok, kaip čia atsiradai.

– Mano istorija irgi nėra labai linksma, – ėmė apie save pasakoti Dominykas, – buvau eilinis laukinis arklys, ganiausi sau vienoj ūkanotoj Lietuvos pievoj, kur rytais su varlėmis smagiai žaisdavau slėpynių. Paskui su jomis eidavome upelin maudytis ir viskas buvo labai gerai, kol vieną dieną aš... įsimylėjau.

– O įsimylėti – argi tai blogai? – nustebo Nikodemas.

– Ne, įsimylėti yra labai gerai, – paaiškino Dominykas, – tik gaila, kad ta mano meilė buvo labai trumpa. Supranti, aš įsimylėjau rugiagėlę, o jos, žinai, gyvena tik vieną vasarą. Atėjo ruduo ir netekau savo mylimosios. Bet prieš mirtį ji man dar spėjo pasakyti, kad keliaučiau į Afriką, iš kur ji buvo kilusi. Dar paprašė, kad ten susirasčiau rugiagėlių pievą, kur auga jos giminės, ir perduočiau tai pievai nuo jos linkėjimus.

– Na tai ir puiku, kad atkeliavai, – begemotukas paplekšnojo savo naujajam bičiuliui per petį, – tai dabar eik ir perduok pievai linkėjimus, o man laikas patylėti, nes jau labai ilgai su tavim kalbuosi... Eik...

Tai pasakęs, Nikodemas švelniai stumtelėjo Dominyką
pievon, tas susvyravo ir išleivojo į patį pievos vidurį – kaip
koks arklys...

Arklys Dominykas ir rugiagėlių pieva

Stovi arklys Dominykas, įbridęs į patį rugiagėlių pievos vidurį, ir svarsto: kaip čia jam tuos linkėjimus nuo mylimosios perduoti? Ir tada jis prisiminė prieš pat išsiskyrimą pasakytus savo mylimosios žodžius:

– Paklausyk, aš tau turiu pasakyti svarbų dalyką: žiema bus ilga ir šalta. Ir jeigu tu pasiilgsi mano kvapo, tai keliauk į Afriką, ten rasi didžiulę rugiagėlių pievą, kur auga tūkstančiai mano sesučių ir pusseserių. Kai nuvyksi į tą pievą Afrikoje, perduok visoms rugiagėlėms nuo manęs daug linkėjimų. Pasakyk, kad aš jų neužmiršau, kad aš visas jas prisimenu ir labai myliu... O kai jau būsi jas aplankęs, kai atsiuostysi jų kvapo iki valiai ir grįši namo – bus jau pavasaris ir aš vėl išdygsiu...

Ir suprato dabar Dominykas, kad linkėjimus rugiagėlėms perduoti reikia uostant. Tad jis ir pradėjo prie kiekvienos iš jų lankstytis ir uostyti. O rugiagėlės savo ruožtu irgi arklį uostė ir tarpusavyje šnibždėjosi:

– Koks mandagus arklys...

– Ir kaip kultūringai jis čia mus visas uosto...

– Ir neskabo, neryja mūsų kaip kokia žirafa...

– Ir kaip skaniai jis kvepia...

– Įdomu, ką primena tas jo kvapas?..

– Ei, jis gi kvepia rugiagėlėmis!..

– O kur jis galėjo taip skaniai jomis išsikvėpinti?

– Gal jis atvyko iš tokios šalies, kur gyvena tolimi mūsų giminės?..

– Tikrai tikrai... Ei, pauostykit visos – gal kuri atpažinsit savo giminių kvapą...

– Aš jau prisimenu: juk lygiai taip kvepėjo ir mano mama...

– Tai čia mūsų sesutė...

– O mano pusseserė...

Begalinė dainuojančių rugiagelių pieva ir arklys Domininkas užmigęs taip, kaip užtinga įsimylėjėliai, kai užsupta jie sparnuotos svajonės

– Kaip smagu vėl susitikti... Kažin, kaip mes galėtumėm šiam nuostabiam arkliui atsidėkoti?

– Gal mes nupinkim jam rugiagėlių vainiką ir uždėkim ant galvos?!

– Betgi jo galva labai aukštai, nepasieksim...

– O mes jį užmigdykim: paleiskim savo aromatus iš visų žiedų – jis apsvaigs ir užmigs. O tada mes jau nesunkiai jam tą vainiką uždėsim.

Kaip nutarė rugiagėlės, taip ir padarė: užmigdė jos arklį Dominyką, ir kol tas miegojo, nupynė vainiką iš gražiausių savo žiedelių bei uždėjo arkliui ant galvos...

Pabudo Dominykas su karūna ant galvos kaip koks karalius ir gražiai padėkojo rugiagėlėms:

– Ačiū jums, mielosios rugiagėlės, už jūsų nuostabius kvapus ir grožį. Atleiskite, bet jau turiu keliauti Lietuvon, nes ten manęs laukia mano mylimoji išrinktoji rugiagėlė. Lietuvoje jau greitai bus pavasaris, ir aš turiu suspėti ją žemėn pasodinti. Likit sveikos!

– Lik sveikas, nuostabusis arkly Dominykai, – suošė atsisveikindama rugiagėlių pieva ir paglostė arkliui prieš kelionę kojas.

O arklys jau brido atgal į pievos pakraštį, kur stovėjo jo draugas begemotukas Nikodemas – vėl netekęs žado. Tai jiedu tik persimetė žvilgsniais ir nieko nebesakė – bičiuliai vienas kitą puikiai suprato ir be žodžių...

Arklys Dominykas ir beždžionių teatras

Ir pasuko arklys Dominykas namo. Ėjo ėjo per dykumą, kol vėl išgirdo paslaptingas baobabo beždžionėlių giesmes. Netrukus jis jau beldėsi į galingo baobabo kamieną. Iš drevės tučtuojau išlindo jo draugė beždžionėlė Emanuela.

– Kaip gyveni? – šūktelėjo jis jai. – Žiūrėk, ką tau turiu dovanų! Beždžionėlė tučtuojau nušoko žemėn, o Dominykas nusiėmė nuo galvos rugiagėlių vainiką ir uždėjo jį Emanuelai. Iš to džiaugsmo Emanuela net truputį pasivaipė...

– Na, ar ištvėrei nesivaipiusi, kol manęs čia nebuvo? – paklausė Dominykas.

– Neištvėriau, – nuoširdžiai prisipažino beždžionėlė ir kažkodėl tuoj pat graudžiai apsiverkė.

– Ko tu verki, ar aš ką ne taip padariau ar pasakiau? – išsigando gerasis arklys Dominykas.

– Ne, nieko blogo nepadarei... Tu man tik daug skaudžios teisybės pasakei, – kūkčiojo Emanuela. – Aš išties esu pamaiva, bet taip įpratau, jog nebežinau, kaip nebesimaivyti, nebesivaipyti... Aš jau nebežinau, kaip atrodo nesivaipanti beždžionė... O kitiems beždžionių berniukams tai, atrodo, nepatinka, nes jie mane pravardžiuoja „maiva-pamaiva" ir niekad į šokius nepakviečia. Gal tu patartum, ką man daryti?

– Eikim iki balos, gal ką nors sugalvosim, – pasiūlė jai Dominykas, ir Emanuela tuoj pat nusekė paskui jį.

Ir štai juodu atsidūrė prie nedidelės balos, kuri tyvuliavo visai šalia baobabo. Aplink balą ir jos dugne matėsi daug balto dykumų molio. Arklys paėmė to molio ir nulipdė Emanuelos atvaizdą.

– O dabar tu man parodyk, kaip vaipaisi, kaip maivaisi, – paprašė jis. – Suvaidink piktą...

Emanuela iškart nutaisė tokią piktą grimasą, kad net pats

TAIKI EMANUELA

NERIMTA EMANUELA

ĮSIŽEIDUSI IR VERKIANTI EMANUELA

KAŽKĄ NEDRĄSIAI DAINUOJANTI EMANUELA

IŠSIŠIEPUSI EMANUELA

Beždžionėlė Emanuela ir jos kaukės

Dominykas išsigando. Bet, nors ir išsigandęs, vis tiek paėmė ir nulipdė iš molio piktos Emanuelos portretą. Nulipdęs padėjo jį pradžiūti saulėje, o pats pasiėmė dar minkšto molio ir vėl paprašė:

– O dabar dar pasivaipyk, parodyk, kokia tu būni liūdna.

Ir Emanuela tučtuojau apsiverkė krokodilo ašaromis, nes buvo puiki artistė ir ypač gerai jai sekdavosi vaidinti verkiančius krokodilus. Dominykas nulipdė ir tokį jos portretą, ir jį taip pat padėjo saulėje išdžiūti, o pats pasiėmė dar porą kanopų molio.

– Dabar parodyk man, kokia tu būni, kai būni kaip angelas.

Emanuelai kaipmat išdygo sparnai ir ji ėmė aplink arklį skrajoti.

– Puiku, nuostabu, – apsidžiaugė Dominykas ir nulipdė Emanuelos angelo portretą. Taip jie darbavosi iki išnaktų, kol arklys Dominykas nulipdė visas grimasas, kokias tik beždžionėlė mokėjo. Ten buvo visokių visokiausių – ir žiaurioji Emanuela, ir bailioji, ir kvailoji, ir šventoji.

– Ar moki dar kokių grimasų? – paklausė arklys jau apie vidurnaktį, tačiau beždžionėlė tik papurtė galvą ir sėdėjo sau nuvargus paprastu nuvargusios ir nieko nebevaidinančios beždžionėlės veidu.

Nuėjęs prie balos Dominykas nusiprausė savo molinas kanopas, atsiduso ir tarė:

– Na štai, dabar tu galėsi daugiau niekada nebesimaivyti... Nes dabar tu esi pati savimi ir – pamatysi – tave kaipmat pamils koks nors beždžioniukas. O jei dar kada užsinorėsi pavaidinti ar pasimaivyti, tai užsidėk vieną iš šių kaukių – ir vėl tapsi arba žiaurioji Emanuela, arba bailioji, arba kvailoji, arba šventoji. O dabar – lik sveika, aš jau turiu keliauti Lietuvon, nes ten manęs laukia mano mylimoji išrinktoji rugiagėlė. Lietuvoje jau greitai bus pavasaris, ir aš turiu suspėti ją žemėn pasodinti.

Atsibučiavo jis su beždžionėle Emanuela ir iškeliavo namų link. O Emanuela liko prie savo gimtojo baobabo sėdėti ir šypsotis nuskaidrėjusiu beždžionišku veidu. Tiesa, užmiršom pasakyti, kad tą patį vakarą prie baobabo atšokavo padykusių beždžioniukų kompanija – jiems labai patiko arklio Dominyko pagamintos kaukės ir jie paprašė, kad Emanuela jiems leistų ką nors su tom kaukėm suvaidinti. Tą naktį prie baobabo teatro ir buvo suvaidintas pirmasis beždžionių teatro spektaklis „Šventoji Emanuela". Į premjerą susirinko daug liūtų, žirafų bei stručių. Atkeliavo ir begemotukas Nikodemas. Po spektaklio visi plojo, baubė, staugė ir kitaip džiaugėsi, o pagrindinio vaidmens atlikėja beždžionėlė Emanuela negalėjo sulaikyti džiaugsmo ašarų.

Paskui, jau išsiskirsčius žiūrovams, prie jos priėjo vienas iš spektaklyje vaidinusių artistų – beždžioniukas Guru ir pasakė:

– Žavioji Emanuela, ar negalėčiau jus šį vakarą pakviesti kartu su manimi nueiti į šokius ir pašokti tumbą rumbą? Šokiai vyks aikštelėje netoli rugiagėlių pievos.

– Aišku, kad galėtumėt, – mandagiai atsakė Emanuela ir nuraudo, nes nebemokėjo po kaukėm paslėpti to, kas darėsi jos širdelėje. O vakare ji su Guru susitiko šokiuose, ilgai šoko, juokėsi bei visaip bendravo... Bet tai jau lyg ir nebe mūsų reikalas, nes mums vis dėlto labiau turėtų rūpėti, kaip seksis Lietuvon grįžti arkliui Dominykui, šiuo metu sunkiai klampojančiam per karštą dykumų smėlį...

Arklys Dominykas ir drambliai

Klampoja arklys Dominykas Viduržemio jūros link ir galvoja: ar ne geriau būtų šį kartą namo keliauti jau nebe pro krokodilus, o kokiu nors kitu keliu? Mat jam norėjosi kuo daugiau šioje kelionėje pamatyti bei sužinoti. Apie krokodilus, kupranugarius, beždžiones ir begemotus jis jau šiek tiek išmanė, tačiau apie kitus Afrikos gyvūnus žinojo dar labai mažai.

Ir tada jis metė kelią dėl takelio bei pasuko tiesiai į džiungles. O džiunglėse išvydo linksmą drambliuką Pilypuką, pilną gėlėtų jausmų. Jis buvo dar toks jaunas ir toks linksmas, kad šokinėjo ant vienos kojos, niekuo nesirūpino ir viskuo džiaugėsi... Netoliese augančioje bambukų giraitėje ganėsi du didžiuliai protingi Pilypuko tėvai – dramblys Pilypavičius ir dramblienė

Pilypavičienė. Jie buvo jau tokie suaugę ir rimti, kad niekad nebešokinėdavo ant vienos kojos, o visada tik labai rimtai kalbėdavo apie savo labai rimtą gyvenimą šioje rimtoje šalyje, vadinamoje Afrika.

– Kaži, ar užteks mums tų bananų, kurie rudenį užaugs šitoje plantacijoje, ar teks valgyti ir ananasus? – svarstė dramblys Pilypavičius.

– Nežinau, jeigu neužteks, tai maitinsimės ananasais, didelio čia daikto, – atsakė jam dramblienė Pilypavičienė. – O jei neužteks ir ananasų, tai keliausim į kitą Afrikos pusę, kur gyvena mano pusseserė Pilypavičiūtė. Ji rašo, kaip gera ten, kur mūsų nėra. Nes ten, kur mūsų nėra, ant medžių auga daug kivių ir mangų...

– Laba diena, – staiga iš bambukų giraitės pasigirdo arkliškas Dominyko balsas. – Atleiskite, gal jūs galėtumėte ir man pasakyti, kur auga mangai ir kiviai? Aš labai norėčiau jų paragauti, nes esu dar labai nedaug afrikietiško gyvenimo ragavęs arklys.

Atgal į Lietuvą

Dramblys Pilypavičius buvo gerai išauklėtas dramblys, todėl maloniai viską Dominykui paaiškino:

– Matote, aš ir mano drambliené Pilypavičiené dirbame krovininiais drambliais viename nedideliame Afrikos uoste, iš kurio į Europą, Ameriką ir kitas šalis yra plukdomi bananai bei ananasai. Tačiau kiviai ir mangai yra plukdomi ne iš mūsų, o visai iš kito uosto, kuriame mūsų pusseserė Pilypavičiūtė dirba švyturiu – naktimis ji stovi pajūryje ant kalno, ant straublio laiko iškėlusi didelį žibintą ir retsykiais garsiai sutrimituoja tuo savo straubliu. Užtat aš ir mano žmona Pilypavičiené bemaž viską ir žinome apie Afrikos vaisius bei daržoves.

– Esu jums labai dėkingas už tokį išsamų paaiškinimą, – padėkojo arklys Dominykas ir ūmai suprato, kad šie drambliai, dirbantys uoste, gali jam padėti parkeliauti atgal į Lietuvą. Ir jis leido sau paklausti dar sykį: – Sakykit, o ar iš jūsų uosto kartais negabenami ananasai ir į Lietuvą?

–Kaipgi negabenami, – nusijuokė Pilypavičius, – iš čia

ananasai keliauja į visas pasaulio šalis, o Lietuva, jei neklystu, taip pat yra visa pasaulio šalis... Jei neklystu – kaip tik rytoj išplaukia į Lietuvą laivas.

– Gerieji drambliai, o gal jūs galėtumėte ir mane kaip nors į tą laivą patalpinti, nes man skubiai reikia grįžti Lietuvon, – paprašė Dominykas.

– Ko jau taip skubiniesi į tą Lietuvą, pasisvečiuok dar pas mus, atsivalgyk bananų ir ananasų, mangų ir kivių, – ėmė arklį Dominyką įkalbinėti drambliai.

– Negaliu, bičiuliai, – atsiprašė Dominykas, – nes manęs ten laukia mano mylimoji, išrinktoji rugiagėlė. Lietuvoje jau greitai bus pavasaris, ir aš turiu suspėti ją žemėn pasodinti.

– Aaa, jeigu meilė, tai čia jau nieko nepadarysi, – sumojavo straubliais išmintingieji drambliai.

Jie visą gyvenimą vienas kitą labai mylėjo ir todėl dabar apie meilę išmanė bemaž jau viską.

– Jeigu tai meilė, tada tau reikia nedelsiant keliauti, – nusišypsojo Pilypavičienė, – mums tas jausmas taip pat pažįstamas...

– Bet mes nežinom, kaip tai padaryti, – pridūrė galvą kraipydamas Pilypavičius, – nes gyvulių tuo laivu niekas negabena, tik vaisius.

– Jau žinau, jau žinau, – staiga pasigirdo plonas Pilypuko balselis. (Pilypukas, pasirodo, stovėjo netoliese ir visą tėvų bei arklio pokalbį girdėjo.) – Arklį reikia paslėpti didelėje dėžėje po bananais. Tada visi jūrininkai manys, jog tai tiesiog labai didelė bananų dėžė ir nugabens ją Lietuvon!

– Gerai sakai, – apsidžiaugė tėvai Pilypavičiai ir arklys Dominykas.

Tuoj pat visi jie nušuoliavo iki artimiausios bananų plantacijos ir ėmė uoliai bananus rinkti. O mažasis Pilypukas buvo tikras gudročius – jis liepė arkliui Dominykui skubiai prisikirsti tų bananų kuo daugiau, kad paskui kartais kelionėje neišalktų. Jau visiškai paryčiui dramblys Pilypavičius iš kažkur atgabeno didžiulę kartoninę dėžę, ant kurios šono buvo nupiešti bananai, ir liepė arkliui gultis į ją. Apkamšė drambliai arklį bananais, paskui tėvai Pilypavičiai užsidėjo tą dėžę ant nugarų

ir patraukė į uostą, dainuodami krovininių dramblių liaudies
dainą:

Oi drambly drambly, dramblelia mano,
Kodėl nelakstai po smagias džiunglalas,
Ko nelinksmas toks esi...

Kaip aš lakstysiu ir linksmas būsiu,
Jei man patinka darbelį dirbti,
Jei man dėželas nešioti smagu.

O kai padirbsiu, pavargęs būsiu,
Tada laimingas ilsėsiu. (2k.)

Į džiungles lėksiu, po kriokliu lįsiu,
Linksmas pievoj gulėsiu... (2k.)

Taip bedainuodama darnioji dramblių Piłypavičių šeimynėlė nukeliavo iki uosto, įlipo tilteliu į laivą ir atsargiai bananų dėžę laivan pakrovė. O jūrininkai nieko įtartino nepastebėjo, nes tuo metu jie buvo labai užsiėmę – spjaudė per laivo kraštą į vandenį. Tad drambliai laivo triume padėjo arkliškai sunkią bananų dėžę ir gudrusis Piłypukas atsisveikindamas sušnibždėjo:

– Pasistenkite užmigti, tai net nepajusite, kaip atsidursite Lietuvoje...

Atsisveikinę su arkliu, drambliai išlipo iš laivo, iškėlė straublius ir laimingi sutrimitavo. Jie labai džiaugėsi, kad įsimylėjusiam arkliui padėti galėjo. O laivas netrukus sušvilpė, pakėlė inkarą ir išplaukė Lietuvos link...

Arklio Dominyko sapnas

Supo supo bangos laivą, plaukiantį su bananais ir ananasais į Lietuvą. Supo jos ir didžiulį arklį, miegantį milžiniškoje bananų dėžėje bei sapnuojantį nuostabų sapną. O sapnavo Dominykas, kad jis yra didžiulis, lengvas, pripučiamas arklys, kuris plaukia sraunia upe Lietuvoje pro pat savo gimtąsias pievas... Jis guli sau ant nugaros, patogiai įsitaisęs ant upėje raibuliuojančių bangelių, žiūri į mėlyną dangų ir mato padangėse nardančius paukščius. O už jų – dar aukščiau, debesyse – mato besišnekučiuojančius angelus. Ir staiga jis išgirsta nuostabiai gražius garsus, tarsi kažkur netoliese dainuotų iš dangaus nusileidęs angelų choras „Plunksnelė". Tada pakreipia balioninis arklys galvą į šoną ir mato ant pakrantės akmenų įsitaisiusias kažkokias keistas merginas:

viršutinė dalis – lyg merginų, tik apačia – lydekų…

– Ei merginos, kas jūs tokios? – šaukia joms arklys Dominykas. – Gal kartais jūs angelai?

– Mes ne merginos, arkly tu nelaimingas. Ir ne angelai – juk matai, kad mes be sparnų! Mes viso labo undinės, – atšauna tos nemerginos ir gieda sau toliau…

– O kodėl jūsų kojos kaip lydekų? – vėl klausia arklys.

– O todėl, kad mūsų tėtis yra lydeka, – vėl atšauna undinės.

– O ką jūs čia veikiate? – teiraujasi Dominykas ir ūmai sustoja, užkliuvęs už upės viduryje kyšančio didelio akmens.

– Mes giedame giesmes ir viliojame arklius, žmones bei kitokius gyvulius. O kai jie ateina prie upės atsigerti, mes su jais šokame…

– Tai ką, ir aš su jumis turėsiu šokti?! – išsigąsta arklys. – Juk aš nemoku…

– Nieko, išmoksi, – juokiasi undinės, – tu tik pabandyk…

– Aš galiu nebent tik arkliškai patrepsėti, – bando išsisukti Dominykas, tačiau nuo undinių taip lengvai neišsisuksi.

Arklys Dominykas ir undinių diskoteka

– Na, ir puiku, juk patrepsėti irgi yra menas, – džiaugiasi undinės ir, priplaukusios prie Dominyko, velka jį krantan. Ir štai pakrantės seklumėlėj prasideda tikra undinių diskoteka – jos užsiropščia arkliui ant nugaros ir šoka, kedenasi, maskatuodamos savo grakščiomis rankomis, o jųjų lydekinės uodegos tuo metu taip pleškena arkliui į šonus, kad net vandens purslai į visas puses įvairiaspalvėm vaivorykštėm trykšta... Arklys trepsi, taškosi laimingas – dar niekad jis nėra buvęs undinių diskotekoje ir taip smagiai linksminęsis. Tačiau nėr ko iš arklio daug norėti – netrukus betrepsėdamas jis pavargsta, uždūsta ir ima gailiai prašytis:

– Viskas, paleiskite, undinėlės, nebegaliu daugiau...

Bet undinės tik juokiasi ir šoka sau toliau. Pervargusiam Dominykui ima svaigti galva ir jis, nebeišlaikęs pusiausvyros, įkrenta į vandenį. Upės srovė tuoj pagauna pavargusį jo kūną ir ima nešti. Pavargęs, nuvarytas tarsi arklys, Dominykas tolsta vis tolyn ir tolyn nuo pašėlusių undinėlių diskotekos...

– Kur plauki, sugrįžk! – šaukia pavymui undinės. – Koks gi tu vyras, jei iš diskotekos bėgi! Mes dar neprisišokom...

– Tai gerai, kad dar gyvas ištrūkau, – nieko į tai neatsakęs, džiaugiasi arklys ir tik iriasi, tik iriasi kanopomis kuo toliau nuo kranto. Tik pasiekęs upės vidurį, jis lengviau atsidūsta, atsigula patogiai ant kunkuliuojančių bangelių ir plaukia plaukia, žvelgdamas į mėlyną dangų. Debesyse jis vėl pamato angelus – tik šįkart jie jau nebesišneka, o sunkiai dirba. Arklys regi, kaip angelai nuo horizonto pakraščių atstumia sunkius lietingus debesis. Ir staiga jis išgirsta nuostabiai negražius garsus – tarsi kažkur netoliese bartųsi ar zyztų iš peklos išlindę velniai bei rupūžės... Žvilgteli balioninis arklys į šoną ir mato kažkokias keistas merginas, kurios tupi nepatogiai įsitaisiusios ant slidžių pakrantės akmenų ir taip barasi, taip pliekiasi, kad net žiūrėt nepatogu. Ir tik akies krašteliu pastebi Dominykas, kad ir šios merginos labai keistos: viršutinė dalis – lyg merginų, o apačia – karosų...

– Ei merginos, kas jūs tokios? – šaukia joms arklys Dominykas.

– Mes ne merginos, arkly tu nelaimingas. Mes gi undinės, – atšauna tos nemerginos ir barasi toliau.

– O kodėl jūs tokios piktos? – klausia arklys.

– O todėl, kad ateina lietus, oras atšals ir mes nebegalėsim šildytis ant šių pakrantės akmenų, – atšauna nelaimingosios undinės ir puola dar smarkiau bartis.

– Nesibarkit, – pasiūlo joms arklys Dominykas, – geriau surenkim diskoteką. Pašoksit ir sušilsit, nereikės nė pyktis...

– Gerai sakai, – apsidžiaugia undinės ir, priplaukusios prie Dominyko, velka jį krantan. Ir pakrantės seklumėlėj prasideda tikra karosinių undinių diskoteka. Jos užsiropščia arkliui ant nugaros ir šoka, maskatuodamos savo grakščiomis rankomis, o jųjų karosinės uodegos tuo metu taip pleškena arklio šonus, kad net vandens purslai į visas puses įvairiaspalvėm vaivorykštėm trykšta... Arklys trepsi, taškosi laimingas... Tačiau, kaip ir ankstesnėj diskotekoj, nėr ko iš arklio daug norėti – netrukus bešokdamas jis pavargsta, uždūsta ir ima gailiai prašytis:

Labai namo lekiantis Dominghas į pavasario šviesą

– Viskas, paleiskite, nebegaliu daugiau...

Bet undinės tik juokiasi ir šoka sau toliau... Pervargusiam Dominykui ima svaigti galva ir,

nebeišlaikęs pusiausvyros, jis įkrenta į vandenį. Upės srovė kaipmat pagauna jo pavargusį kūną ir nuneša tolyn, vis tolyn nuo undinių diskotekos...

– Kur plauki, sugrįžk! – šaukia pavymui undinės. – Koks tu vyras, jei iš diskotekos bėgi! Mes dar neprisišokom...

– Tai gerai, kad dar gyvas ištrūkau, – vėl džiaugiasi arklys, nieko į tai neatsakydamas ir pamaži toldamas nuo kranto.

Ir staiga jis pajunta, kaip srovė ima vis greitėti, greitėti...

Išsigandęs Dominykas žvalgosi į šalis, į dangų – mato žuvėdras, kurios jam klykia:

– Arkly, plauk greitai į krantą, nes priekyje milžiniškas krioklys!

Tai išgirdęs arklys Dominykas dar bando iš paskutiniųjų kapanotis link kranto, tačiau nespėja nė krioktelti, kai jo arkliškas kūnas ima kristi žemyn žemyn nuo didžiulio krioklio... Supratęs, kad tokio pobūdžio sapnas gali baigtis labai nesmagiai, arklys Dominykas nutaria dėl visa ko pabusti... Taigi jis pabunda, atsimerkia ir junta, kad konteineris, kuriame stovi ir jo bananų dėžė, lėtai skrenda oru. Arklys girdi uosto darbininkų šūksnius ir supranta, kad jis jau uoste ir kad konteinerį kranas jau kelia į krantą. Nerimastingai suplazda tėviškės išsiilgusi arklio širdis... Jis išplečia šnerves ir apsidžiaugia, užuodęs sūrų Baltijos jūros kvapą, išgirdęs Klaipėdos žuvėdrų klyksmą, pajutęs kanopa pasiekiamą Lietuvos laukų pavasarinį alsavimą... Ir supranta arklys, kad jis jau namuose, jau Lietuvoje...

„Vienintelis rūpestis, – mąsto dabar arklys Dominykas, – kaip reikės iš šio konteinerio išsikapstyti, kol neatsidūriau kokioje nors vaisių parduotuvėje ant prekystalio kartu su kitais bendrakeleiviais bananais...“

Vėl Lietuvoje

Staiga pasigirsta motoro burzgimas ir uosto krantinėn atbulas atvažiuoja didelis sunkvežimis, į kurį uosto kranininkas Kranelis Vytas mikliai įkelia laivu iš Afrikos atplaukusį konteinerį su visais arkliais bei vaisiais. O sunkvežimio vairuotojas Andžejus Baranka padėkoja uosto kranininkui Vytui, atsisveikindamas pypteli visiems kranams bei žuvėdroms ir ramiai pro uosto vartus išvažiuoja. Paskui, jau išvažiavęs iš uostamiesčio į greitkelį, Andžejus Baranka žiūri pro langą į nuostabius Lietuvos vaizdus už lango – mato, kaip pakelėm bėga miškai ir kloniai, mato, kad kalnai kelmuoti, o pakalnės nuplikę. „Kas jūsų grožei senobinei tiki?" – dar pagalvoja Andžejus Baranka ir ūmai pajunta begalinę meilę gamtai. Tada jis nutaria iš savo sunkvežimio išlipti bei palaistyti pakelėje augančius krūmelius. O kol jis ramiai, nieko blogo nenujausdamas, visa tai laisto, arkliui Dominykui ūmai dingteli, kad atėjo metas ryžtingai veikti. Vienu stipriu kanopos spyriu jis numeta konteinerio dangtį, antru spyriu išlaužia sunkvežimio duris ir ištrūksta į laisvę. Lekia jis laukais, žvengdamas iš laimės, o jam iš ausų krenta bananai su ananasais. Andžejus Baranka, išgirdęs šį keistą triukšmą, atsisuka į kelią ir mato laukais lekiantį baltą arklį, kuriam iš ausų lekia bananai su ananasais. Andžejus purto galvą ir niekaip negali patikėti savo akimis.

– Aš jumis netikiu, – sako Andžejus savo akims.

– Tai ir netikėk, – atsako jam akys ir pyktelėjusios užsimerkia. Ir grabinėjasi dabar Andžejus tarsi aklas, vis atsitrenkdamas galva į pakelės medžius, kol supranta, kad savo akimis vis dėlto geriau yra tikėti...

– Tikiu jau, tikiu, – sako Andžejus savo akims ir ūmai akys vėl ima viską matyti – gal net dar geriau negu iki tol.

– Jau nebebūk netikintis – būk tikintis, – pamokomu tonu

Aklas Dominykas ir pavasaris jūros pakrantėje

sako Andžejui jo akys, – tu įtikėjai, nes pamatei. Palaiminti, kurie tiki nematę...

Apsidairo Andžejus ir vėl kuo puikiausiai mato, kad šalikelėje stovi jo sunkvežimis, tik galinės durys išlaužtos, o aplinkui kažkodėl mėtosi daug bananų. „Tikriausiai kokie nors vagys išlaužė", – nusprendė Andžejus. – „O tas baltas arklys tai man tikriausiai pasivaideno". Reikia pridurti, kad Andžejus buvo didelis arklių specialistas, todėl žinojo, kad sunkvežimių vairuotojams retsykiais vaidenasi balti žirgai, o autobusų vairuotojams – raudoni. Ir nieko čia nepadarysi...

Tačiau gal mes nūnai palikime tą Andžejų su jo baltais žirgais ramybėje (juk visiems mums kartais norisi ramybės, gamtos ir susikaupimo...), o patys grįžkime prie arklio Dominyko, kuris lekia kaip išprotėjęs prie jūros, suranda ten didžiulį pakrantės akmenį, atverčia jį ir ištraukia sudžiūvusią, miegančią rugiagėlę. O ant rugiagėlės lūpų dar matyti maža sustingusi šypsenėlė – tarsi ji bylotų arkliui Dominykui:

„Labas, mielasis, kaip gerai, kad sugrįžai... Aš labai labai tavęs pasiilgau..."

Rugiagėlės sodinimas.

Taip ir parkeliavo arklys Dominykas į savo gimtąsias pievas, švelniai dantyse mylimąją įsikandęs. Oras dvelkė švelniu gaivumu – toks tebūna pirmosiomis pavasario dienomis, nutirpus sniegui... Įsibrido arklys Dominykas į pievą, apsidairė ir net apsiašarojo iš pasiilgimo – juk visą žiemą su savo pieva, ąžuolu, varlėmis ir upeliu buvo nesimatęs...

Dominykas atsargiai padėjo sudžiūvusią rugiagėlę ant žemės, prie pat savo kojų, ir sušuko:

– Kaip gyvenate, gerbiamasis ąžuole, vešlioji pieva, išdykusios varlės ir greitasis upeli?

– Gerai gyvename, išmintingasis arkly Dominykai, – atsakė jam gerbiamasis ąžuolas, vešlioji pieva, išdykusios varlės ir greitasis upelis. – Tik labai sušalome, tavęs belaukdami...

– Nieko nepadarysi, žiema gi, – palingavo galva arklys... – Ar labai šalta buvo?

– Oi, sniego buvo virš galvos, – sukvaksėjo varlės.

– Ne virš galvos, o virš sušalusio paviršiaus, – pradėjo ginčytis upelis.

– Ką jūs čia kalbat, – suošė ir pieva, – sniege net pačios aukščiausios smilgos buvo paskendusios...

– Tik nereikia pasakoti niekų, – nusijuokė ąžuolas, – sniego buvo vos iki kelių. Ir nieko čia tokio...

– O tu kur taip ilgai buvai prapuolęs? – staiga atsitokėję arklį Dominyką ėmė klausinėti gerbiamasis ąžuolas, vešlioji pieva, išdykusios varlės ir greitasis upelis.

– Papasakosiu paskui, dabar neturiu laiko, nes reikia skubiai pasodinti rugiagėlę, – atsiprašė savo bičiulių arklys ir nuėjo ieškoti vietos, tinkamos pasodinti mylimiausiai rugiagėlei.

– Sodink prie upelio, – čiurleno patarinėdamas jam upelis.

– Sodink į mūsų balą, čia visada drėgna, – kvaksėjo arkliui varlės.

– Sodink po ąžuolu, tai aš ją nuo audrų apsaugosiu, – sulingavo šakomis ąžuolas.

– Sodink į pievą, nes aš labai noriu pasipuošti, – paprašė pieva. Arklys Dominykas sutriko ir nežino, kaip jam dabar geriau elgtis, kurio iš bičiulių patarimo klausytis. Ir nutarė jis pasiklausyti savo širdies balso – nutilo, nurimo ir paklausė savo širdies:

– Sakyk man, širdele, kur pasodinti savo mylimąją rugiagėlę?

– Sodink ją ten, kur nuneš vėjas – vėjas geriau žino, – patarė jam širdelė, švelniai stuktelėjusi porą kartų.

Arklys nutarė savo širdies paklausyti – iškėlė rugiagėlę aukštai virš galvos ir leido skristi pavėjui. Vėjui šis žaidimas, be abejo, patiko. Jis tuoj pat pakėlė rugiagėlę aukštai aukštai ir ėmė šokti su ja, tyliai šnabždėdamas paslaptingus žodžius:

– Štai sėjėjas išsirengė sėti. Jam besėjant, vieni grūdai nukrito prie kelio, ir atskridę paukščiai juos sulesė. Kiti nukrito ant uolų, kur buvo nedaug žemės. Jie greit sudygo, nes neturėjo gilesnio sluoksnio. Saulei patekėjus, daigai nuvyto ir, neturėdami šaknų, sudžiūvo. Kiti krito tarp erškėčių. Erškėčiai užaugo ir nustelbė juos. Dar kiti nukrito į gerą žemę ir davė gerą derlių: vieni šimteriopą grūdą, dar kiti – trisdešimteriopą. Kas turi ausis, teklauso...

Tai pasakęs vėjas pakilo dar aukščiau ir ėmė rugiagėlę nešti link upelio.

– Atsargiau, juk nuskęs, – prunkštė išsigandęs arklys Dominykas, bėgdamas iš paskos, bet vėjas tik nusijuokė, švilptelėjo ir pasuko ąžuolo link. Aukštai aukštai jis iškėlė sausą rugiagėlę, o arklys išsigandęs vėl ėmė šaukti:

– Atsargiai, įsipainios viršūnės šakose – tai kaip paskui aš ją pasodinsiu?

Vėjas vėl nusijuokė iš arklio išgąsčio ir ėmė leistis žemyn, prie varlių kūdros. Bet pamatęs, kad ir vėl arklys prunkščia, kažko bijodamas, vėjas pasuko link pievos. Pakilo truputį aukščiau, lyg koks vanagas, ir ėmė stebėti žemę. Ir ūmai jis išvydo kažką žemės paviršiuje krutant. Pasirodo, ten paviršiun rausėsi per žiemą užsimiegojęs kurmis Andriulis. Ir nutarė vėjas, kad tai yra geras ženklas, ir nusileido su visa rugiagėle prie pat kurmiarausio. Netrukus prie Andriulio kurmiarausio pribėgo ir uždusęs arklys Dominykas ir, supratęs, kad čia jau yra ta sodinimo vieta, tuoj pat ją kanopom išakėjo, nosim mažą duobutę įspaudė ir savo meilę pasodino. Paskui švelniai užkapstė ir ėmė laukti, kas bus toliau.

– Palaistyk, – davė paskutinį patarimą vėjas ir pakilo taip aukštai, kad net ąžuolo šakos susvyravo, subraškėjo...

Paskui vėjas padūkėlis švilptelėjo atsisveikindamas ir nulėkė pavasarėjančiais laukais kažkur toli toli, nešiodamas gėlių, žolių bei medžių sėklas ir sėdamas jas, kur papuola. Tiesa, užmiršome jums pasakyti, kad pavasariais vėjas, matyt, neturėdamas ką veikti, dažniausiai įsidarbina sodininku... O kartais ir daržininku – žiūrint koks ūpas. Aišku, atsitinka ir taip, kad įsidarbina miškininku, bet tai jau būtų atskira tema – „Apie vėjus ir jų darbo kryptis", – kurią pratęsime kitoje knygoje kitais metais spalio vienuoliktą apie devynias...

O arklys Dominykas, gavęs tokį vėjo patarimą, nedelsė nė

Pavasario jėgos pilna pieva ir Dominykas, sėjantis rugiagėlės sėklas.

minutėlės – iškart nušuoliavo prie upės, prisisiurbė pilną burną vandens ir paršuoliavęs atgal palaistė tą vietą, kur buvo ką tik pasodinta rugiagėlė. Ir ėmė Dominykas nekantriai laukti, kada gi ta jo mylimoji išdygs, subręs ir sumoteriškės... Laukė laukė, kol pradėjo temti ir vakarėti. O sutemus danguje ėmė rinktis sunkūs pavasariniai lietaus debesys.

– Eikš, atsistok po manim, nes sušlapsi, – draugiškai pakvietė ąžuolas, bet arklys tik galvą papurtė.

– Ačiū, bet dabar negaliu, gal kitą kartą, – atsiprašė Dominykas ir nutarė, kad rugiagėlei dygti bus žymiai šilčiau, jei jis atsiguls ir savo kūnu ją pašildys. Bent kol šis naktinis lietus praeis...

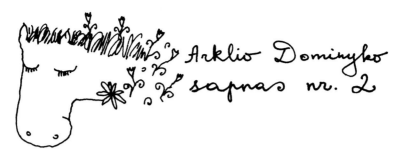

Arklio Dominyko sapnas nr. 2

Taigi atsigulė švelniai arklys Dominykas ir, vienodai krapsint pavasariniam lietučiui, užsnūdo. Ir štai tada arklys Dominykas susapnavo jau antrą mūsų knygelėje sapną – apie naminius gyvulius, gyvenančius tvarte. O kadangi knygelės pradžioje mes irgi jums buvome žadėję papasakoti pasaką apie naminius gyvulius, tai dabar tiesiog perpasakosime tai, ką sapnuoja Dominykas, ir mums nebereikės čia daug vargintis...

Taigi sapnuoja laukinis arklys Dominykas, kad jis yra naminis arklys Dominykas, ir štai dabar šeimininkas jį parveda namo po sunkių ūkio darbų į tvartą, duoda šieno ir užrakina nakčiai. Ir taip liūdna pasidaro Dominykui miegoti kažkur užrakintam smirdančiam tvarte ir neregėti tų stebuklingų rytų, pilnų rūko, kuriuos jis taip mėgdavo laisvas būdamas regėti. Ir prisiminė

Dominykas tuos laikus, kai jis ištisomis naktimis ganydavosi laisvas ūkanotoje pievoje ir labai jaudindavosi, laukdamas tų stebuklingų rytų, pilnų varlių kurkimo ir rūko... Tada jis nemiegodavo, o tik šnopuodavo, išplėtęs didžiules šiltas savo šnerves, ir sploksodavo į krentančias žvaigždes bei visokius kitokius meteoritus. Mat kažkada, dar ankstyvoje vaikystėje, arklio Dominyko močiutė Domicelė savo anūkui buvo pasakojusi, jog kai krenta nuo dangaus žvaigždė, tai reiškia, kad žemėje gimė kažkoks arkliukas, o kai meteoritas – tai asiliukas...

Apsidairė tvarto prieblandoje arklys Dominykas dar atidžiau ir pamatė, kad gretimam garde stovi atrajodamos kelios vietinės reikšmės karvės ir snausdamos sapnuoja juodmargius kaimyninių pievų jaučius, baubiančius bei kanopomis kapstančius žemę. Ir sapnuoja karvės, kad netrukus bus Žolinės, ir tada jų ragus šeimininkė papuoš gražiausiais lauko žolių bei rugiagėlių vainikais. Ir jos jau įsivaizduoja, kaip eis išdidžiai vorele iškėlusios gėlėtas galvas pro kaimyninių pievų jaučius, baubiančius bei kanopomis kapstančius žemę. Ir pakels tie jaučiai savo krauju pasruvusias akis ir nustos baubti bei badytis, tokį grožį išvydę... Ir svajojo karvės, kad vieną dieną atjos tie jaučiai pirštis į jų tvartą ir norom nenorom jos turės už tų jaučių tekėti. Viena kita romantikė karvė, aišku, bus prisigalvojusi įvairių slaptų vilčių ištekėti už kokio nors verslininko kupranugario ar bent jau svajotojo Afrikos begemoto Nikodemo, bet toks jau karviškas yra karvių gyvenimas – jame svajonėms mažai telieka vietos. Ir suprato karvės, kad niekur nedingsi – teks tekėti už niūrių baubiančių jaučių... Bet paskui jos susilauks gražių telyčaičių bei teliukų ir tada vieną gražią saulėlydžio dieną jos supras, kaip vis dėlto gerai, kad neištekėjo jos nei už begemotų, nei už kupranugarių, o pasirinko savo kaimynus – juodadarbius, tylenius jaučius, kurie mažai šneka, bet daug dirba... O kokios didžiulės jų širdys!

Taip smagiai kartu su karvėmis pasapnavęs jų sapną apie jaučius, arklys Dominykas trumpam atmerkė akis, pakreipė galvą į kitą šoną ir pamatė netoliese ant laktų sutūpusias vištas, kurios miegojo sau kaip užmuštos ir nesapnavo nieko, nes jos buvo tikros vištos. Na, nebent toji, labiausiai pasišiaušusi, Magdalena, sapnavo tvarto šeimininką – juodai baltą gaidį Evaldą Kakarieką, kuris, vos prašvitus, visada pirmasis nušoka nuo laktų ir, mojuodamas savo galingais sparnais, užgieda visa gerkle tarsi koks asilas, visus tvarto gyventojus bematant prižadindamas. Kol visi niurnėdami keliasi, mykia, šnarpščia ir bunda, gaidys Evaldas pasiriša raudoną skiauterę po kaklu ir – paplast paplast pro tvarto vartus kieman. O ten padaro lengvą rytinę mankštelę, pabėgioja, sparnais pamojuoja, dulkeles padulkina ir sugieda lyg skerdžiamas dar sykį kakariekūūūū – net visi aplinkiniai laukai ir pievos nuaidi...

Rugiagėlės gimimo diena

– Kakariekūūū! – kažkur tolumoje nuskamba galingas gaidžio Evaldo balsas ir arklys Dominykas pakelia galvą. „Kur aš – tvarte ar pievoj?" – išsigąsta Dominykas, vis dar nesusigaudydamas, kas vyksta. – „Laukinis aš ar naminis?"
Ir staiga visai šalia pasigirsta baisūs garsai: „ta-ta-ta-ta-ta-ta" – tarsi kas iš automato šaudytų. „Tikriausiai medžioklė..." – pagalvoja Dominykas ir net susigūžia visas iš baimės. – „Na dabar tai įkliuvau... Pamanys, kad aš koks briedis, ir nušaus..."
Kramto lūpas iš baimės, galvą po kojomis pasikišęs ir drebantis arklys Dominykas, kol staiga prisimena žemėje užkastą savo mylimąją rugiagėlę ir jam pasidaro gėda bei nesmagu, kad jis toks bailys, kad negali net savo merginos nuo priešų apginti...

Ir nutaria tada arklys Dominykas pakelti galvą bei numirti drąsiai – kaip tikri vyrai miršta... Tačiau pakelia didvyris galvą ir mato, kad tai jokia medžioklė, o tik gandras Alfonsas ąžuolo viršūnėje snapu kalena, o šalia jo žmona Birutė – abu ką tik laimingai sugrįžę iš tolimosios Afrikos... Atsargiai dairosi Dominykas, vis dar nedrįsdamas keltis, ir mato tolumoje rūke šokuojančias savo drauges varles.

Dominykai, einam žaisti slėpynių! – šaukia jam varlės.

Bet Dominykas purto galvą:

– Negaliu, nes dar rugiagėlės neišperėjau...

Ir staiga pamato Dominykas virš medžių viršūnių patekančią saulę, ir jo išgąsdinta širdis pamažu rimsta. Bet netikėtai jis vėl išsigąsta pajutęs, kad kažkas švelniai kutena jam papilvę... „Tikriausiai koks nors kurmis Andriulis", – nusprendžia arklys Dominykas, atsikelia ir jau ketina tą nedorėlį barti. Bet mato Dominykas, jog tai visai ne kurmis, o tik kažkoks mažas, gležnas daigelis iš žemės kalasi.

– Kas tu toks? – klausia Dominykas.

švelnus prisiglaudimas ir pražydę balti žiedeliai

– Ar jau nebepažįsti? – rąžosi mažasis daigelis. – Aš juk tavo rugiagėlė... Tai ilgai miegojau... Atnešk truputį vandens.

– Tuoj pat! – iš to džiaugsmo nežinodamas kur dėtis surinka Dominykas ir, nubildėjęs ligi upelio, tuoj pat (kaip ir sakė) atneša pilną burną vandens. Išpila ant rugiagėlės ir paklausia:

– Gal dar?

– Ne, užteks... Aš noriu dainelės, – prašo rugiagėlė, – padainuok man kokią nors dainelę...

– Tučtuojau, – sutinka arklys, apsilaižo lūpas ir, prisiminęs populiarią Afrikos dramblių liaudies dainą, tučtuojau (kaip ir sakė) visa gerkle užtraukia:

Oi drambly drambly, dramblelia mano,
Kodėl nelakstai po smagias džiunglalas,
Ko nelinksmas toks esi...

Kaip aš lakstysiu ir linksmas būsiu,
Jei man patinka darbelį dirbti,
Jei man dėželas nešioti smagu.

O kai padirbsiu, pavargęs būsiu,
Tada laimingas ilsėsiu. (2k.)

Į džiungles lėksiu, po kriokliu lįsiu,
Linksmas pievoj gulėsiu... (2k.)

– Čia juk afrikietiška daina! – apsidžiaugia rugiagėlė. – Iš kur
tu ją išmokai?
– Aš gi buvau nukeliavęs į Afriką, aplankiau tavo gimines,
perdaviau jiems daug linkėjimų nuo tavęs... – skuba pasakoti
Dominykas.
– Tu tikras šaunuolis, – nusišypso rugiagėlė, bet staiga ją
nukrečia šaltas drebulys ir ji vėl paprašo: – Būk toks geras,
atsigulk šalia, užstok man nuo upelio dvelkiantį rytinį vėją.

Aš dar tokia gležna, bijau, kad nepersalčiau.

– Tuoj pat, – atsako arklys, – tavo žodis man įsakymas.

Jis atsargiai atsigula šalia savo mylimosios, užstodamas vėją, ir iš šnervių ima tyliai pūsti šiltą orą. Rugiagėlė nusižiovauja, paskui padeda gležną daigelį jam ant peties ir užsnūsta. Bet štai arkliui už nugaros pasigirsta garsus kvaksėjimas – atsisukęs jis mato pulką savo draugių varlių, kurios atplumpsi iškilminga vorele, o ant letenų kiekviena kažką neša.

– Tyliau... Ką jūs čia atnešat? – sušnibžda joms arklys.

– Mes prigaudėm žiogų tavo rugiagėlei, – atsako varlės, – jai tikriausiai bus smagu pabudus išvysti, kad aplink šokinėja aukščiausios klasės žiogai, griežia smuikais bei visaip kitaip ją linksmina...

– O kokia proga? – nesusigaudo arklys Dominykas...

– Arkly žioply, – juokiasi iš arklio varlės, – juk šiandien tavo rugiagėlės gimimo diena!

– Vaje, kaip aš galėjau užmiršti, – susigėsta Dominykas ir priduria, – o ką aš pats jai padovanosiu?

Tą pačią minutę už jo nugaros pasigirsta sparnų plasnojimas ir netoliese nusileidžia gandras Alfonsas, snape laikydamas kažkokį ryšulėlį. Varlės, cypdamos iš baimės, paleidžia visus žiogus ir kaipmat palenda Dominykui po pilvu. O gandras juokdamasis atsargiai padeda ryšulėlį ant žemės ir sukalena snapu:

– Nebijokit, aš dar pernai Dominykui pažadėjau, kad varlių, su kuriomis jis žaidžia slėpynių, negaudysiu.

– O ką tu ten turi snape? – klausia Dominykas.

– Čia vaikelis, – atsako gandras, – nešu jį kiton upės pusėn. Ten viena jauna ūkininkų šeimyna jau seniai prašė vaikelio, bet vis neturėdavau laiko...

– Parodyk jį mums, – prašo varlės ir lenda iš po arklio pilvo, visą baimę užmiršusios.

Alfonsas prineša vaikelį artyn ir varlės net į orą pašoka, tokią grožybę išvydusios. Tuomet arkliui Dominykui galvon šauna visai nebloga mintis:

– Klausyk, Alfonsai, – sako jis, – ar negalėtum tu šį vaikelį parodyti ir mano rugiagėlei, kai ji atsibus? Mat šiandien jos gimimo diena.

– Mielai, – mielai atsako gandras Alfonsas ir prineša naujagimį prie pat rugiagėlės. Tarsi kažką pajutusi rugiagėlė pramerkia akeles ir tiesiai prieš save išvysta nuostabaus grožio kūdikį.

– Sveikinu su gimimo diena, – sušnibžda arklys Dominykas ir pabučiuoja rugiagėlę...

– Varlingų metų, varlingūūū, – užtraukia varlės visa gerkle, kad net vaikelis pabunda ir ima rėkti.

– Na viskas, turiu nešti vaikelį ūkininkams, – atsiprašo Alfonsas, – jam jau reikia mamos pienelio. Likite sveiki...

– Lik sveikas, vaikeli, lik sveikas, Alfonsai, – pamojuoja letenėlėmis varlės.

O arklys Dominykas pasilenkia prie rugiagėlės ir klausia jos:

– Kadangi šiandien tavo gimimo diena, tai gali manęs prašyti ko tik nori – viską išpildysiu...

– Aš norėčiau, kad tu man papasakotum apie savo kelionę į Afriką, – prašo rugiagėlė...

– Mes irgi norim, – suklega ir varlės išdykėlės.

– Aš irgi noriu paklausyti, – suošia girių karalius ąžuolas...

– Na na, bene jūs manot, kad lietuviškiems upeliams tai Afrika visai nerūpi? – bando įsižeisti sraunusis upelis.

– Aš irgi mielai tavo pasakojimo paklausyčiau, – nuvilnija pavasario pieva, ir arklys Dominykas visiems jiems linkteli galva.

– Gerai, papasakosiu, tik iš pradžių norėčiau įteikti mūsų visų mylimai rugiagėlei dovaną, kurią ką tik sugalvojau. Juk visi mes turim vardus – aš esu Dominykas, gandras yra Alfonsas, ąžuolas yra Povilas... Taigi aš ir rugiagėlei noriu padovanoti vardą. Nuo šiol tu būsi...

– Monika! – sušunka varlės.

– Eglutė, – suošia ąžuolas.

– Venta, – sugurguliuoja upelis.

rugiagėlė
Svajonė

– Ramunė, – pasiūlo pieva, bet tuoj pati susigaudo, kad rugiagėlę vadinti Ramune yra nei šis, nei tas, tad pasitaiso: – Gal geriau Audra?..

– Ne ne, – purto galva arklys Dominykas, – aš jai išrinkau vardą... Svajonė.

– Valioooo! – šaukia gerbiamas ąžuolas, vešlioji pieva, išdykusios varlės ir sraunusis upelis, – nuo šiol mes tave taip ir vadinsim: Svajonių rugiagėlė.

– Atsiprašau, ne Svajonių rugiagėlė... – pataiso bičiulius rugiagėlė. – Prašom mane vadinti tiesiog arklio Dominyko Svajone. O dabar siūlau pasiklausyti arklio Dominyko pasakojimo apie Afriką.

Po šių žodžių visos varlės sutupia ratu aplink Dominyką, o upelis stengiasi čiurlenti kuo tyliau, kad geriau girdėtų. Net ir ąžuolas su pieva beveik nustoja šlamėti ir šiurenti. Arklys Dominykas atsikvepia ir pradeda ramiai pasakoti:

– Kai atplaukiau į Afriką, ten švietė saulė, pakrantėj augo kelios vienišos kokoso palmės ir buvo karšta kaip Afrikoje... Kadangi po tokios ilgos kelionės buvau labai išalkęs bei sulysęs tarytum koks kuinas, tai pirmiausia norėjau susirasti maisto ir ko nors užkąsti. Pabandžiau atsikąsti kokoso riešuto, bet

vos danties nenusilaužiau. Tada apsidairiau – o aplink tebuvo vien dykuma ir smėlis... Ir anei jokio augalėlio, kurio galėtų užkrimsti arkliai, nematyti... Tad nutariau eiti jūros pakrante tolyn – kol prieisiu kokią nors pievą arba bent jau bananų plantaciją. „O jeigu neprieisiu jokios pievos, tai, matyt, teks numirti iš bado", – svarsčiau mintyse. –Dominykas nelinksmai atsiduso, prisiminęs kelionės į Afriką pradžią, ir tęsė : – Bet tada aš pamaniau: „O jei tektų numirti, tai kitą pavasarį niekas Lietuvoje iš po akmens nebeištrauks mano gražiosios rugiagėlės ir ji ten liks amžinai..." Tačiau aš nenorėjau vien tik taip liūdnai mintyti – mat dar močiutės Domicelės buvau išauklėtas taip, kad kiekvienoje, net ir pačioje blogiausioje situacijoje, stengčiausi įžvelgti ką nors gera. Taigi pasiguodžiau: „Jei ir numirsiu iš bado, tai bent danguj tada mudu su rugiagėle susitiksim, kur visi sušalusieji, susirgusieji ir mirusieji iš bado susitinka jau amžinai draugystei..."
Taip, sunkiai vilkdamas pavargusias kojas, ir klampojau per įkaitusį pakrantės smėlį, paskui sustojau, pakėliau galvą ir

apsidairiau. – Vaje, netoliese buvo matyti didžiulė upė, įtekanti į jūrą! „Negali būti. Tikriausiai čia koks nors dykumų miražas", – pagalvojau aš ir dėl visa ko papurčiau galvą. Bet miražas neišnyko – ir toliau mačiau didžiulę upę, tos upės pakrantėse tupėjo visokie spalvoti flamingai, o vandenyje nardė pelikanai. Taip arklys Dominykas visą vasarą pasakojo ir pasakojo savo bičiuliams apie kelionę tolimojon Afrikon, o tie vis klausėsi ir klausėsi... Kartais užsnūsdavo besiklausydami, pasapnuodavo, atsikeldavo, pažaisdavo slėpynių ir klausydavosi toliau. O mes, kadangi apie visa tai vieną kartą šioje knygoje jau esame skaitę, tai gal verčiau eikim miegoti ir viską – dar kartą! – susapnuokim... Spalvotai spalvotai... Tarsi patys būtume laukiniai arkliai dominykai...